大家人文读本

北欧文学

李长之◎著

中国国际广播出版社

目录

I

第二章　丹麦文学 / 27

中国最早介绍北欧文学的著作

——谈李长之的《北欧文学》

于天池　李书

一

李长之先生的《北欧文学》1944 年 7 月在重庆由商务印书馆出版，10 月再版；转年 1945 年 4 月又由上海商务印书馆出版。

中国人写中国文学史不易，写外国文学史更不易，如果写世界上某地域的文学史就更增加了难度，因为不但需要解决语言的障碍，更需要对于异国他乡的文学、文化乃至经济、历史、政治等多种要素有深湛的了解，对于排比综合的思辨乃至叙述能力的要求更高。

长之先生写作《北欧文学》时虽然才三十多岁，在重庆的中央大学中国文学系也只任讲师，却在文坛上早已声名鹊起。论学养，他毕业于清华大学哲学系，不仅对于中国文化有深入的研究，而且精通德文、英文、法文和日文。论著作，除去已经发表的几百万字的论文，已经出版了《鲁迅批判》《道教徒的诗人李白及其痛苦》《德国的古典精神》《波兰兴亡鉴》《苦雾集》《梦雨集》《西洋哲学史》《批评精神》《中国画论体系及其批评》《韩愈》，以及译著《文艺史学与文艺科学》、诗集《夜宴》《星的颂歌》等。其阅读广而快，写作迅捷，学界闻名。尤其是，对于文学史，他不仅有理论，有研究，写有《论伟大的批评家和文学批评史》等作品，对于鲁迅、郑振铎的文学史著作也有精研。其打算自己写作文学史的夙愿也为朋友圈中所知晓[①]。所以，当非常熟悉长之先生的商务印书馆的王云五先生拟编"复兴丛书"时，其中撰写《北欧文学》一书的人选，自然青眼相向于长之先生，亲自写信相邀。

---

① 比如长之先生在 1941 年 7 月 24 日写的《中国文学理论不发达之故》一文中说："从前我想写一部中国文学史，那时老舍先生警告我，说我恐怕写完了才觉得伤心呢。"1945 年 1 月 10 日长之先生在《我的写作生活》一文再次重申这一愿望，说："过去的是过去了，半生的希望是：假若再给我三四十年的时间和健康，我将写一部像样的中国文学史。这部文学史不希望长，却希望精；不希望广博，却希望深入。在这部文学史之前，须许我对过去的巨人和巨著，有自己的消化和评价，对过去的时代之文化史上的意义，有自己的发掘。"

二

　　文学史是一门科学，它不仅要叙述文学现象，更要研究文学的演进和律则。

　　《北欧文学》所要介绍的不是一个国家的文学，而是"包括斯堪的纳维亚半岛、波罗的海，以及冰岛上的民族的文学"。一个国家的文学史所描述的只是这个国家的纵向的历史文学现象，而地域文学史则不仅要关注一个国家的纵向的历史文学现象，乃至整个地域的纵向的文学历史发展，更要关注不同国家的文学现象、相互的影响、共同的发展规律，因为"地域者并不是一个偶然的投掷的广场，却是一个全然一定的人类种族之营养所，之躯壳，之保姆"。① 《北欧文学》以时间为经，以国家和民族文学为纬，从古代欧洲北方语言和神话肇始，首叙冰岛文学，次叙丹麦文学，再叙挪威文学，接叙瑞典文学，最后以波罗的海四小国文学作结。条理分明，叙次井然。在叙述不同国家和民族的文学时，长之先生关注文学演进的经络，顾及文学的不同表现形式，突出主要的作家和作品。其叙述丹麦文学，重点在安徒生和勃兰兑斯；讲挪威文学以易卜生为主；介绍瑞典文学则侧重斯特林堡。其重点处不惜泼墨重彩，酣畅淋漓；次要处则轻轻带过，惜墨如金，而又细大不捐，疏而不漏。由于长之先生博学多才，视野开阔，他对于晚近北欧所发生的文艺现象了如指

---

① 纳德勒《德国种族的和地域的文学史》，转引自李长之《论如何谈中国文化》，《李长之全集》，河北教育出版社，2006 年，第 11 页。

掌，如数家珍，叙述起来特别让人感到亲切。比如他在叙述完瑞典新近的两位作家海耳玛·徐德勃格（Hjalmar Söderberg）和西格菲里德·西外尔慈（Sigfried Siwertz）之后，对于瑞典文学进行了总结，说："在巴洛克时代，瑞典文学所贡献给世界的只是纯文艺一方面。在现代则不然，瑞典的造型艺术与学术著作，也有了她的地位。因此，我们在瑞典文学的结束时，不能忘了那画家兼诗人卡耳·拉尔逊（Karl Larsson），他生于 1853 年，卒于 1921 年；那政治家的新闻记者古斯塔夫·F. 施泰芬（Gustav F.Steffen），他生于 1864 年；还有那到过中国来的西藏的探险家斯文·赫定（Sven Hedin），他生于 1865 年，不唯有学术著作，而且写过小说《藏布喇嘛之巡礼历程》（Tsangpo Lamas Wallfahrt）；最后，还有那个生于 1889 年，而为我们所更熟悉的汉文家高本汉。"长之先生对于北欧文学的叙述大处着手，又不失细腻，像戏剧中导演安排生旦净末丑角色一样，妥妥当当，各得其所，又好像一个好照相师，景物的远近比例，虚实焦距，恰如其真实而更显得清晰明朗。

尤为难能可贵的是，长之先生对于北欧文学不仅清楚地描述了现象，更探讨了其发展的普遍规律，有综合，有分析。他说："北欧各国都经过一种国民文学的建立期，他们的取径往往是：先由于战争（如 1864 年普鲁士丹麦之战，如 1809 年俄罗斯瑞典之战）而刺激起民族意识的自觉，再由语言学家历史家发掘并清除了本国的语言、神话、民族史诗的真面目（如德国海尔德在 1778 年之提倡民歌，格林兄弟在 1819 到 1822 年之搜集童话，如丹麦阿斯边逊与茅氏在 1841 到 1851 年之步格林的后尘，如挪威奥森在 1848 年之整理文法及在 1850 年之编订字典，如芬兰伦洛特在 1835 到 1849 年之恢复芬兰的史诗《喀勒瓦拉》），然后由伟大的创作家出来，工具（民族语言）既有了，内容（民族情感的寄托）也有了。于是才能结出丰硕的果实。安徒生、易卜生、比昂松、斯特林堡这些煊赫的名字，没有一个是赤手空拳而来的！"他也深入探索了北欧作家成长的经历："产生大作家之不易，不知有多少培养，有多少准备，有多少社会因素，再加上作家的本人之多少自爱而后可。例如易卜生，假若没有在他之前的阿斯边逊与茅氏的关于童话的收集，民族精神不会觉醒；假若没有奥森之整理挪威语言，民族情感的表现工具也不够运用；假若没有勃兰兑斯之强调文学中必须提倡切合人生的问题，新面目的戏剧也不会诞生。这还不够，假若没有卑尔根剧院的工作的逼迫，易卜生就不会有学习的机会，假若更重要的，易卜生本人没有那样强烈的个性和严峻的人格，没有在失败之后的坚毅的勇气，我们文学史上还会有易卜生这个名字么？用佛家的话，产生一个大作家，是一个大因缘，社会应该培养与爱护，作家也应该修养与自爱！"当然，长之先生对于这些规律性的探讨既不是望风捕影的想象，也不是张扬地训诫式的论述，而是由长之先生于娓娓地叙述文学现象和事实之中，让读者在不知不觉中与作者所共鸣的。在这些地方，充分体现了《北欧文学》的理论色彩。《北欧文学》虽然不过是大半个世纪前写的十万字左右的小册子，却简而不陋，具有一定的学术品格。

在《北欧文学》中，长之先生也展现了其一贯的学术风格。长之先生是被人称作传记文学批评家的，他主张理解一个作品需要"跳入作者的世界，批评技巧时亦然，就宛如自己也有那些思想和情绪，而要表达出来的，以体验作者的甘苦"[①]。这一特点在长之先生的成名之作《鲁迅批判》中就有很好的运用，在《北欧文学》中也有充分体现。比如第三章介绍"挪威文学"一共九节，六节介绍易卜生和比昂松（Bjoumlrnst jerne Martinus Bjornson，1832—1910），除去"易卜生与比昂松以前的文学建设运动""比昂松与挪威的民族主义""易卜生与比昂松以后之挪威文坛"外，用了三节介绍易卜生的生平，即"易卜生的幼年及其浪漫时代""中年以后的易卜生及其写实主义""易卜生之晚年"。在易卜生重要的生活节点，长之先生有非常简明而精到的分析。在幼年，长之先生说：易卜生"生的日子是 1828 年 3 月 28 日，地方是斯基因（Skien）。他的性格有些特别，人和他难于相处，这在早年就已经看出来。普通的游戏，他觉得没有趣味，他所喜欢的乃是把玩偶加以分类，并做一点幼稚而简单的布景。他很想当画家。他的脾气是暴躁的，在某一个限度以外触怒了他，那时就别想什么人可以接近他了。他的体质并不好，他一方面意识到自己是弱者，但一方面却又抱有强烈的野心。要实现自我，要统治，要权力，要为艺术而不惜生命，这些倾向是早已流露着了。"在中年，长之先生说："无论如何，易卜生

[①] 李长之.我对于文艺批评的要求和主张 [M]// 李长之文集，第三卷，河北：河北教育出版社，2006：18.

在五十年代到六十年代的交替期间，是他的一个精神上转换的试验期。他经济上极为困窘，因为奥斯陆的挪威剧院在这时倒闭了。他又到了怀疑他的才能和使命的时期。1860 年（他三十二岁了！），比昂松和温耶都得到了政府的资助，而易卜生却毫未被考虑！次年，他就病了，神经也衰弱，邻于疯狂。他有时想到会终于自杀。有一次，他的太太苏姗娜没有看顾好，他就中夜奔跑出去了，自己完全不曾知觉。他这在三十多岁的时候所经过的挣扎，把他内心的富源和他性格的明晰轮廓，以及精神上的强度，都开发出来了。凡此一切，都在他从出版《爱情的喜剧》（Love's Comedy）起，那是1862 年，到出版《罗斯麦绍耳姆》（Rosmersholm）止，那是 1886年。中间所作的十二本戏剧中表现而出。这十二本戏剧，都是异常地精力弥漫之作，其中的大部分已成为世界上不朽的典籍。"在晚年，长之先生说："……人类潜意识的力量渐渐抓住了他的注意力。和潜意识相连，他更注意到了遗传，自然环境，以及生活中其他不可触知的所在等。""重要的乃是他最后一个剧本《当我们死人再醒时》（Wenn wir Toten erwachen）。这剧本作于 1899 年，易卜生七十一岁了！他写这本剧时，恐怕是意识到是在作着自己的挽歌了！在这本剧里，作者似乎在静观着自己的一生：一个真正艺术家太埋首于自己的工作了，于是让他常常忽略了生命本身的实在。同时易卜生有强烈的悲观色彩，——这和歌德很不同，那剧中的雕刻师鲁白克（Rubek）所说'人类的愤怒和王冠，我都憎恶，我宁愿逃向黑暗的森林'，很可以代表他的心情。""易卜生的死年是在 1906 年，差两年不到八十岁。在他七十岁的诞辰，铜像已立在国家剧院，死时是举行的国葬，他光荣的死了！以一个戏剧家论，他创作了二十六部巨著，站在挪威文学的顶点。即单以一个赤裸裸的人论，因为他把他的一丝一毫的力量都用之于创作，无一笔松懈，无一笔不为热情所灌注，这使任何只想努力一半的人都觉得惭愧，也使关怀人类前途的人将予以永永不绝的喝彩！"这些分析皆可谓知人论世，"益三毛如有神明"，同时将作品的分析系于生平的叙述之中。相对而言，《北欧文学》对于作品的分析并不是很多，但对于作家的出身经历、性格性情、思想倾向的描写分析却非常细致、细腻。由于对于作家的传记写得非常到位，关于作品的分析虽然仅三言两语，也能画龙点睛，并给读者的思考留下广阔的空间。

《北欧文学》是写给中国人读的，为了让中国读者对于那个天涯海角的文学不至于太过疏离，长之先生在叙述的时候经常把它们与中国的文化、历史、文学等进行联系比照。主要体现在四个方面：其一是年代上，比如说："安徒生生于 1805 年，卒于 1875 年，差不多和中国曾国藩的时代相终始。"其二是文学形式上，比如说："《埃达》诗歌的形式，都是用头韵（Stabreim），其中一部分是四长行，折而为八个半行，另一部分则缺少第二长行和第四长行。前者称之为 Fornydislag，后者称之为 Ljódaháttr。在诗歌与诗歌之间，往往插入一般较长的散文叙述，这样子很像中国所谓'变文'。"其三是人物形象上，比如："更新鲜，更令人兴奋，并带有一点粗俗的幽默的，是关于陶尔（Thor）一神的诗歌。陶尔是可怕又可爱，红胡须，帮助收获的一个农神。这是仅次于奥丁的一位大神。其实就是雷神，英文上星期四称为 Thursday，德文上称为 Donnerstag，都是由它得名。""这个雷神陶尔真是神通广大的家伙，简直像中国的孙悟空了！"其四是关于作家的评说，比如："在世界文学中像贝尔曼这样奇特的，恐怕只有两个人，一个是法国的强盗诗人维庸（Francois Villon），一个是中国的诗仙李太白。前者在十五世纪之前半，后者在八世纪，贝尔曼则在十八世纪。他们都同样是以艺术同醇酒永远结着不解缘的！"有时这种对照甚至连续排比使用着："传说文艺，颇似中国演义小说中的讲史一类，由近及远，由现实而涉入神怪，途径也很仿佛。就是以所占的时间论，相去也差不多：一个在十三世纪到十八世纪，一个在南宋到清初。"

　　将北欧文学与中国文学相比照，取近比喻，将遥远的陌生的转化为贴近的熟稔的惯常的容易理解的，让读者感觉到作者所叙不是遥不可及，像是天方夜谭，而是讲比邻的家常，因而感到平易亲切。说起来容易，做起来并不简单，因为不仅需要恰如其分，需要把握分寸，更需要对于中外文化的异同了然于心，知其真谛，才能在比较中让读者产生共鸣，辗然会心。

　　长之先生是文学史家、批评家，同时也是诗人、散文家，他常说自己的批评是感情的批评主义。"感情就是智慧，在批评一种文艺时，没有感情，是绝不能够充实、详尽、捉住要害。"[①] 这使他

① 李长之. 我对于文艺批评的要求和主张 [M]// 李长之文集，第三卷，河北：河北教育出版社，2006：20.

的文笔既简约明晰，又带有浪漫的抒情色彩。他写作《北欧文学》的时候，由于正陷于热恋中，文笔更显得轻灵真挚，甚至透着愉悦之情。像他叙述安徒生的生平，便说："安徒生不但写童话，他自己的一生也就像一篇童话。你想，一个病弱、贫困、受人嘲笑的孩子，忽然成了全世界的名人，到了他七十岁生辰时，得到的礼品之一就是包括十五种语言的他的故事的译本，这不是像一篇童话么？说到他的性格，他是一个梦幻的、简直有点迷信的人物，可是他又有出人意料的喜欢随顺。他那可惊的幻想力，使全宇宙里没有一件不是生命之物，任何东西也可以讲话，任何东西也有人格。所以在他的童话里，无论花呵、影子呵、补衣服的针呵、先令呵、月亮呵、枞树呵、鸭子呵、古老的街灯呵，统统像活人一般。"评论安徒生童话，则说："安徒生的童话，卷数虽多，但决不单调雷同。其中有不同的心情和不同的创造。有的是夸大，有的是恐怖，有的是快乐，有的是被遗弃之感，也有的是说不出的温柔。他写寻常的物事，但置之于不寻常的安排之中。什么小妖的手，什么小锡兵，什么套鞋，什么引火匣，什么守夜人，说来都娓娓动听，让人一如神游于他读《天方夜谭》的童幻时代了！"

　　一般的文学史著作，由于拘谨于学术的缘故往往显得沉闷晦涩。《北欧文学》不是这样，它在严谨的叙述中挥洒自如，轻松，抒情，甚至带点幽默感，大概这是《北欧文学》历经大半个世纪依然拥有广大读者的原因之一吧。

三

由于历史的原因，长之先生后来没有再从事北欧文学的研究。但是撰写《北欧文学》的经历对于长之先生的思想和学术一直保有着影响。

《北欧文学》可以说是一直渴望编写中国文学史的长之先生的牛刀小试，虽然这一尝试是以外国文学发轫的。通过《北欧文学》的撰写，长之先生深感"一部文学史的作用就像一个分配角色的导演工作。角色的大小轻重应该恰如其分。又像一个好照相师，景物的远近比例，应该恰如其真实。这样一来，文学史无所谓长短，只要大小远近不失就是最重要的"。这个观点，五年之后，长之先生在其《中国文学史导论》中再次重述，并在十年之后他撰写的《中国文学史略稿》再次予以实践。

文学史是历史科学的一个部门。文学史既然研究的对象是文学的演进，它当然要在文学演进的历史中获取教训。长之先生是一个爱国的文学史家和批评家，撰写《北欧文学》虽然正值中国抗日战争最困难之时，但他深信中国必将取得抗日战争的胜利，胜利后的中国的文艺也必将获得复兴。以史为鉴，可以观兴替；他山之石，可以攻玉。他在撰写并总结北欧诸国文学史时深深为他们崛起的经历所感动，所激励，觉得"我们是深可有所反省而且应当急起直追了"。

长之先生不仅在《北欧文学》的自序中连续用了多个"我深感……"以唤起民众对于中国文学将来崛起路径的重视，而且发表文章多次予以阐发。1942年长之先生在《时与潮副刊》"创刊号"上写过一篇《战争与文化动态》的文章。写完《北欧文学》之后，长之先生又写《再论战争与文化动态》一文加以修正和补充，其中谈道："战争使民族的表现能力觉醒了，现在我觉得这话还不够确切。这是因为我只说表现能力觉醒，但没说表现了什么。现在我敢确切地说，这是民族意识之逐渐显露，最后将是真正的国民文学的出现。关于这一点，我不是由中国这次战争所能看出的，因为中国这次的战争还没有完。我的根据乃是以往的几个国家的例子，这意思我曾写在《北欧文学》一书的自序中。所谓国民文学，须是用真正本国的活的语言，写本国人的真正性格，代表本国人的真正哀乐，而且放在世界典籍中，却又可居第一流作品而毫无愧色的才行。中国现在的话剧，有不少是采取本国历史材料了，这倾向越来越浓，那意味又是具有深切同情的建设性的为多，这或者已经是一个征兆。文学是一个民族的生命的结晶，我们希望在各种表现能力提高之中有真正面目的国民文学继之。"①

　　1944年新年伊始，《时与潮副刊》编辑部组织重庆的文化界人士撰写新年随笔稿，统以《新年的感想》为标题，共收录有柳无忌、潘菽等二十四人的新年随感。长之先生的文字是："我很希望中国的新文学运动在两大切实的基础上切实而且发扬起来：一是中国古代神话之科学整理；二是应该有一部好的中国语言史，那语言

---

① 李长之.再论战争与文化动态[M]// 李长之文集，第一卷，河北：河北教育出版社，2006：100.

史最好是特别重在以语言哲学为根据，看几个大段落里与文化形态相当的文法构造。"① 作为新年贺词，长之先生的话粗看起来十分突兀，但是假如我们把这段话与《北欧文学》自序的感想联系在一起，那么长之先生的新年贺词就有思绪可寻了，那是他蕴蓄于心的期待，——期待中国的文艺复兴，而中国的文艺复兴他认为必须从这两个切实的基础上做起。

　　长之先生对于北欧文学发展演进历史经验的总结当然具有主观色彩，他所深深感慨的北欧国家文学崛起的经验有的值得深思借鉴，有的具有特殊性，有的可以商榷。历史是不能简单复制的，置之北欧国家行之可通的经验，移到中国未必成功，中国文学的崛起和复兴之路当自有其特色和路径。但长之先生的感喟不仅反映了他对于国家民族兴亡的拳拳赤子之心，其中像民族意识的觉醒，古代神话之科学整理，好的中国语言史的梳理，大学的积极作用，政府和社会对于作家之培养，自由批评环境的建立等教训的借鉴，也确是任何国家民族文化崛起复兴的必要条件，是不易之理。回望大半个世纪我们所做的文化工作，检讨起来，虽然毕竟是做了一些，不至于一地鸡毛，但盘点成绩，实在令人惭愧。

---

① 李长之. 新年的感想 [M] // 李长之文集，第一卷，河北：河北教育出版社，2006：354.

自　序

在今年的五月，接到王云五先生的信，嘱写一部十万字的北欧文学，限九月底交卷，当时鲁莽地答应了，因为我对北欧的东西也还的确有些爱好。可是因为校课的忙碌，重庆夏天的苦热蒸闷，再加上琐屑的人事浪费，我到了九月初才着手写，到了十一月半才写完。在写的时候，也未尝没有像走崎岖小路的情形，累得浑身是汗，而所得无几，只是在写完以后，却也像我写其他东西一样，颇似爬完了一个山峰，见到一些辽阔而轮廓清晰的新鲜景物，自己也有点松快了。

在松快之中，我的所得是这样的：

我深感到在北欧各国都经过一种国民文学的建立期，他们的取径往往是：先由于战争（如 1864 年普鲁士丹麦之战，如 1809 年俄罗斯瑞典之战）而刺激起民族意识的自觉，再由语言学家历史家发掘并清除了本国的语言、神话、民族史诗的真面目（如德国海尔德在 1778 年之提倡民歌，格林兄弟在 1819 到 1822 年之搜集童话，

I

如丹麦阿斯边逊与茅氏在 1841 到 1851 年之步格林的后尘，如挪威奥森在 1848 年之整理文法及在 1850 年之编订字典，如芬兰伦洛特在 1835 到 1849 年之恢复芬兰的史诗《喀勒瓦拉》），然后由伟大的创作家出来，工具（民族语言）既有了，内容（民族情感的寄托）也有了。于是才能结出丰硕的果实。安徒生、易卜生、比昂松、斯特林堡这些煊赫的名字，没有一个是赤手空拳而来的！在北欧各国的文学里，瑞典稍微落后而寂寞一些，最大的原因也便在当初经过一个时候的语言的混乱（那是由于国外战士之归来，异国教士之广布，及以外邦学者在朝中之充斥），而且没有人对古代民间文艺有着重视，民族史诗也阙如（《埃达》乃挪威民族的产物）。看到这里，我们是深可有所反省而且应当急起直追了！看到这里我们对于像赵元任、黎锦熙诸先生对于语言的工作，像程憬教授对于中国古代神话的系统研究，是不能不寄以很大的期待了！

我深感到各国的国民文学的建立，基督教颇有一些功劳。他们往往是先有《圣经》的译文，如高特语的文学之先有乌耳菲拉（311—383）的《圣经》译文，丹麦语的文学之先有克里斯提恩·培德逊（1480—1554）的《圣经》译文，芬兰语的文学之先有阿格里科拉在 1542 年的《圣经》译文，其他如瑞典在 1526 到 1541 年，爱沙尼亚在 1739 年，都是有《圣经》译文的年代，也便是他们国民文学建立的奠基的纪元。基督教在文化的关系本是太大了，至于它和文学的关系当然在使用通俗语言的这一点上。中国近代的语文运动也并非例外（黎锦熙《国语运动史纲》里，说到初期的改革家，也便都多半是教士或接近教会的人）。将来写中国近代文化史的人，恐怕一定把基督教对中国的影响的各方面，详为阐说的吧。

我深感到各国的文学运动，大学是一个重要策源地。丹麦的哥本哈根大学建立于1479年，是北欧文学的重心所在，大批评家勃兰兑斯就在这里发出了指导北欧文学的号音，这不必说；就是成立于1477年的瑞典乌普萨拉大学，是磷光派的发祥地，给瑞典的浪漫运动揭了幕，给瑞典的民族文学作了先锋，因而引出高特派之重视民族神话；而挪威奥斯陆大学之成立于十九世纪初，因而有25岁的历史派的学者凯塞尔之讲学，促进挪威民族意识的形成，让挪威的作家的力量若万马奔腾似的活泼而富有生气，大学的功用有多么大！这就不禁让我们想，大学的真正意义在什么地方，我们应该如何善为爱护并运用了！

我深感到外国作家之解放，之方面多，之受政府的援助，之在国内的重要。古代的宫廷诗人不必说，他们时而为座上客，时而为阶下囚；就是后来的瑞典的伯格曼，在死时召集了朋友，为他们各自歌唱特殊的友情，表现自己最后的并不衰竭的才华；温耶之当水手，经营实业，从政，做律师；斯特林堡之做记者，做演员，做医生，做电报员，做图书馆员，做舞台监督，他们何等奔放！生活何等丰富！至如斯诺里又是军人，又是外交家，又是学者；阿耳姆吉斯特则广及于哲学、语言、新闻、民间读物、经济、数学。他们方面又如何？但是我们呢？"不离名教可颠狂"，是传统的遗训，现在一有一个人是多面多一点，则所涉及的一行便都群起而忌之，唾之，我们如何能望我们的作家的生活之丰富，对人生了解之深透，并他们那天才之发扬呢？社会上应该宽一点！外国政府，特别如挪威，对于作家的资助，也大可为法。许多作家都是由政府资助，才可以出外旅行，收集材料，获得灵感；易卜生、比昂松，固然天赋高，这种培养也是要的。说到作家在国内的地位，如比昂松之代表国民而拍着国王的肩膀，欢迎他就位，这也令人感喟无穷，不重视作家的国家和国民，不唯难以有好作家出现，就是出现了，也难以得他们的泽惠的！

我深感到产生大作家之不易，不知有多少培养，有多少准备，有多少社会因素，再加上作家的本人之多少自爱而后可。例如易卜生，假若没有在他之前的阿斯边逊与茅氏的关于童话的收集，民族精神不会觉醒；假若没有奥森之整理挪威语言，民族情感的表现工具也不够运用；假若没有勃兰兑斯之强调文学中必须提倡切合人生的问题，新面目的戏剧也不会诞生。这还不够，假若没有卑尔根剧院的工作的逼迫，易卜生就不会有勉强制作的学习的机会，假若更重要的，易卜生本人没有那样强烈的个性和严峻的人格，没有在失败之后的坚毅的勇气，我们文学史上还会有易卜生这个名字么？用佛家的话，产生一个大作家，是一个大因缘，社会应该培养与爱护，作家也应该修养与自爱！

我深感到大作品有它的共同点，也有它共同的最后的一点，这就是抒情。再说易卜生吧，毕竟《海上夫人》和《大匠》才是他的创作的顶点。其中意义自然丰富，技巧自然卓绝，可是最核心的一点，还是抒情。也只有在抒情上，是使他永恒的，也是使一切伟大的作品永恒的！

我深感到大批评家之地位和作用太重要了！勃兰兑斯太令人神往！他不唯有科学的训练，有天生的深入的识力，还有关怀人类社会的深情！批评家是创作的产婆，这话对，然而还不够，批评家乃是人类的火把！

我深感到一部文学史的作用就像一个分配角色的导演工作。角色的大小轻重应该恰如其分。又像一个好照相师，景物的远近比例，应该恰如其真实。这样一来，文学史无所谓长短，只要大小远近不失就是最重要的。

说到这里，我就不能再多说了。因为"能薄而材谫"像我，如何能写文学史呢——纵是只限于一个片断？但附带的，我却要说两句话，一是书中的术语如"巴洛克""罗珂珂""高特"，人名如较不习见的德奥作家，可以查看我译的《文艺史学与文艺科学》所附加的注；二是人名的音译大半以德国音为主，这是因为德国音本与北欧接近，而我在写作时也多半参考了德文著作之故吧。

三十二年十一月二十四日，晨，于重庆中央大学

第一章
古代欧洲北方语言及冰岛文学

第一节

引子：和古代北方语关系最切的高特语的文学

　　无论在北方住过或没住过的人，对于北国的气候和风光，有谁不爱恋的么？凛冽的风是特别能令人振发的，爽朗的高空是特别能令人的精神明澈的，无怪乎就是在这种地方往往产生气魄雄健的民族史诗，以及个性坚强的天才作家了。那么，我们要以如何的心情来准备接待这北国文艺的盛大阵容呢？

　　可是我们首先要说的，乃是我们并不能讲一切的北方文学，如我的书名所示，却只是限于北方欧洲。就是北方欧洲，也不是整个北方的欧洲，因为俄国、英国和德国，已经分别在专书里去叙述了，我们这里所说的只是除去这三国之外的北欧的文学而已。具体地说，就是包括斯堪的纳维亚半岛、波罗的海，以及冰岛上的民族的文学而已。然而很巧的是，无论打开地图或者翻出历史，这些地方也确成为一个单位，仿佛一个家庭一样，而且他们彼此之间互婚很多，古时的地主也往往兼有各地方的田产，叙述在一块，毫无勉强。比较地说，他们也确实是居于最北方的地方，所以，正是极有资格作为北欧文学的主人翁，用一本小小的专书去介绍呢。

不讲政治而讲文化，不唯各个人都是平等的，各个民族也是平等的。任何民族都有他们的天才，任何民族也都有权去崇拜，并且同样有权邀得别个民族的崇拜。我说这话也许是多余的，因为读者诸君也许早已带着平等的眼光来看我们要讲的北欧了。

讲文学要先讲语言，讲北欧文学要先讲北欧语言，讲北欧语言便要先讲和古代北方语关系最切的高特语言。所谓高特语言（Gotische Sprache）是东方日耳曼语系的一支，在公元纪元后四世纪，才有正式的文学作品。高特语的文学也可以算是最古的日耳曼文学了；她的性质是基督教的，可是因为古代德语的，古代英语的，古代北方语的诸种日耳曼文学之渐渐兴起，也就有一部分披上了异教的色彩。

高特文学的主要代表人物是阿利安种的西部哥德人乌耳菲拉（Wulsla）主教。他的一生，大概是在公元 311 到 383 年之间，相当于中国东晋之际。乌耳菲拉主教的确是一个杰出的人物，他可以用拉丁文和希腊文写文章。现在我们只谈他的高特语的遗著，这就是他的《圣经》翻译。但我们现在所有的，却并不是全文，只是些不同的手稿的片断而已。其中最著名的就是所谓银字手卷（Codex

Argenteus），现在藏在瑞典乌普萨拉（Upsala）的大学图书馆里，所包括的是《四福音》。另外的一部手稿，则包括《保罗书札》（Paulus briefe）。究竟乌耳菲拉主教是否把《圣经》译全，现在仍是个谜。传说他故意把《列王纪》（Königbücher）略过了，怕的是唤起他的民族之战斗精神。

　　在高特语言里，此外所遗留给我们的，除了一些小品（如日历及石刻）不算，还有所谓 Skeireins，这是《约翰福音》的一些释文片断，大概是五世纪中叶之物。

　　在乌耳菲拉以后，西部高特人建国于西班牙，东部高特人就入于意大利。二者终于在时代的漩涡中作了牺牲，我们再看不见他们有什么著名文献，以代表他们过去的光荣了。然而也有一小部分高特人，在新世纪之初，尚在南俄克里米亚（Krim）半岛上存留着，他们的文字曾由荷兰人奥吉尔·格瑟林·德·布斯贝克（Ogier Ghiselin de Busbecq）整理出一点头绪来。布斯贝克是在十六世纪到过克里米亚半岛的。

第二节

古代北方文学之历史背景

　　古代北方语言（die altnordische sprache）是后来的冰岛语、丹麦语、瑞典语所从出。这是日耳曼语系中最重要的一支。现代冰岛上使用的语言和古代北方语还十分相似，这由一事可以证明，这就是，他们的儿童可以不必很吃力，便能够读古代北方语的诗歌了。

　　在古代北方语文学里，我们还保留不少纯粹异教思想的纪念品，其完成的时代也许相当迟，大概比古代基督教的作品，如乌耳菲拉（Wulsla）用高特语译的《圣经》等，还要迟几个世纪。这样，我们就可以不至犯前世纪的初期日耳曼语学者的错，把古代北方文学的思想及其背景统统认为是可由基督教之前的古代日耳曼文学来概括了。反之，古代北方文化，一直到纪元后八世纪，还有它的独立面目，和同时的中欧基督教文化，拜占庭文化，仍是平行的现象；她虽受后二者的影响而成，但我们还不能充分找出那依存关系之所在呢。说真的，九世纪和十世纪时挪威与冰岛的神话，同古代德意志的农民宗教仍有着根本的不同，虽然有一二个神是共有的。

　　精明的挪威人在 874 年占据了四面都是海的冰岛，而建了一个自由邦，他们在这里可以脱离王室的羁绊以及其他压造者的威凌。因此，这个地方遂成了产生古代日耳曼异教文学的一个处所了，在北极圈的季候之下，过了一个时期的冬眠，但到了十世纪之末，基督教侵入，在 1261 年，这个自由遂又入于挪威的王权之手了。

第三节

作为北国精神之根源的古代神话与英雄传说总集：《旧埃达》

古代北方语的文学，主要的是史诗。只是它的形式并不像荷马的曼歌长吟，而是紧凑，短促，和佶屈聱牙的。其中的幻想力也和北国的气质相应，是阴沉，暗淡，而单调，但在那无限的谐和与凝固的闲静之中，自有一种壮美，它的力量是震撼的，它的人物是庄严的。这种史诗的内容，也和一切原始的文艺一样，是神话和英雄故事。这些神话和英雄诗歌就是包括在有名的所谓《旧埃达》（die ältere Edda）的总集里。《旧埃达》是在 1643 年为布吕恩约弗·斯汶森（Brynjolf Sveindson）主教所发现，才开始重又唤起人们的记忆。

《旧埃达》之名，由《新埃达》（die jüngere Edda）而起。《新埃达》原是古代北方语的诗学中的一本散文手册。本来人们都以为智者塞蒙恩德（Saemund der Weise）是《新埃达》的著者的，可是自从斯诺里（Snorri）被发现是真正《新埃达》的著者以后，人们便把塞蒙恩德作为发现的《旧埃达》的著者了，所以《旧埃达》也称为《智者塞蒙恩德埃达》（Edda Saemundar hins frôda），正如《新埃达》也称为《斯诺里埃达》一样。

然而充其量，塞蒙恩德也不过是古代北方语的文学之搜集者与保存者而已，而且就连这一点，也还在疑问中。这是因为，那些单个的诗歌都是产生在不同的世纪里的，一部分大概还是作于挪威与北极的格陵兰（Grönland）。

究竟《埃达》是什么意思呢？这很费了一些人的猜想。有人说《埃达》的意义就是老祖母，意思是说这些诗歌乃是像一个老祖母所讲出的故事似的。其实《埃达》也许只是《奥地之书》（Buch des Oddi）之意，奥地是这个岛的西南部的一个农场，斯诺里就是在那里生长的。斯诺里是1178到1241年的人物，约当中国南宋的时候。如果《旧埃达》真是塞蒙恩德的手笔，塞蒙恩德比斯诺里早一世纪多（1056—1133），则《新埃达》与《旧埃达》相距也有百年以上了。不过《旧埃达》的发现（1643）却在斯诺里四世纪之后，那已是中国的明末清初了。

布吕恩约弗·斯汶森所发现的这《旧埃达》歌集，现在是保存在丹麦的首都哥本哈根（Kopenhagen），称为《王者之书》（Codex regius）。这一个抄本大概是十三世纪中叶之物。它并不全，只是在这冰岛上所一度发现的神话与英雄传说的诗歌集的一部分而已。

由斯诺里的《埃达》所引用的看来，还可以考出十四首遗诗的篇目。

就诗歌的样式看，纯粹是挪威产物，瑞典人决没有份儿。它的真正作者，谁也不能确说。不过时代决不能在八世纪之前，因为在874年挪威人才占领此岛。十世纪末时冰岛已为基督教侵入，而这些诗歌却纯然是异教精神，所以它至晚也不会超过十世纪。因此，它的成立期间应该是800年到1000年这两世纪中间吧。

《埃达》诗歌的形式，都是用头韵（Stabreim），其中一部分是四长行，折而为八个半行，另一部分则缺少第二长行和第四长行。前者称之为Fornydislag，后者称之为Ljódaháttr。在诗歌与诗歌之间，往往插入一段较长的散文叙述，这样子很像中国所谓"变文"；但也有的只是由散文叙述而构成一个片断的。

这歌集可分为两大部分，一是属于神话的，一是属于英雄传说的。在神话的一部分中最古的，也是最富有意义的，是《女占卜者的预言》（Voluspó），这是一个序曲。瓦拉（Wala）是巨人族的一个女预言家，她由于奥丁（Odin）大神之问，而说出宇宙创始的整个神话以及世界的末日等。奥丁是所有日耳曼民族所崇拜的最高的神，英文中的Wednesday（星期三）即由此得名。Odin在德文称为Wodan，英文称为Woden，相当于罗马神中之水星（Merkür），所以中国人翻译这一天又叫水曜日呢。女预言家瓦拉不但告诉了大神奥丁过去的一切，还预示着一个更好的世界的到来，那世界是在神光熹微中而渐渐筑起的。有人说这种思想也许是受了基督教复活说的影响吧。

在另外的一些诗里，就是大神奥丁自己所告诉的一些神话或自己的故事了。例如《格利姆尼斯穆耳》（Grimnismól）便是说奥丁为盖洛特王（Geirrōd）所囚，遭着苦难的故事，《巴耳德斯·德劳玛尔》（Baldrs draumar），《瓦夫特洛特尼斯穆耳》（Vafthruthnismól）诸篇，也是这类性质的。纯粹说教意味的则是《赫瓦穆耳》（Hóvamól）。或称奥丁之训言，乃是一个格言的结集，托之于奥丁者。

更新鲜，更令人兴奋，并带有一点粗俗的幽默的，是关于陶尔（Thor）一神的诗歌。陶尔是可怕又可爱，红胡须，帮助收获的一个农神。这是仅次于奥丁的一位大神。其实就是雷神，英文上星期四称为 Thursday，德文上称为 Donnerstag，都是由它得名。在《哈巴特耳约特》（Harbarthljoth）里，奥丁大神和雷神陶尔彼此辱骂起来了；在《特里穆之歌》（Thrymskvitha）里，巨人特里穆偷了雷神的锤，并要求把女神勒莱亚（Freyia）嫁给他，可是雷神陶尔就摇身一变，变成女神勒莱亚，把巨人杀死，又把锤取回来了；在《希米之歌》（Hymiskvitha）里，他从巨人国里拿了酿啤酒所必需的壶；在《劳喀逊纳》（Lokasenna）里，他把那个厚颜的、好寻衅的火神劳乞（Loki）弄得默默不语；在《阿耳维斯穆耳》（Alvissmòl）里，他以狡计取胜了小人阿耳维斯（Alwis）。这个雷神陶尔真是神通广大的家伙，简直像中国的孙悟空了！

关系其他诸神的诗歌，是比较不重要的，例如《里格的赞歌》（Rigsthula），这就是叙述那个在天上守卫毕弗瑞斯特桥（Bifröst）

的神海姆达尔（Heimdall）如何产生了那些各种各族的贵族、奴隶和自由民的。

接着是关于英雄传说的诗歌，这可以分三个集团。一是盎格鲁萨克逊人的《魏兰传说》集团（Wielandsage），二是丹麦人的《赫耳吉传说》集团（Helgisage），三是南方日耳曼人关于《尼伯龙根》（Nibelungen）及其相似传说的集团。

《魏兰传说》只有一首诗歌，就是 Vólundarkvitha，其实其中是由两个传说交织而成。魏兰和他的兄弟们竞争着要娶战争女神瓦耳车勒（Walküre）为妻，后来他胜利了。但是结婚八年之后，瓦耳车勒抛弃她丈夫而去。魏兰的兄弟们就去追赶。在魏兰等他们回来的时候，因为魏兰是一个优秀的金匠，便惹起了国王尼德霍德（Nidhod）的嫉妒，国王把魏兰囚禁起来了，而且割断了他的膝筋，这样好使魏兰永远为他奴役。为报复起见，魏兰便把国王的儿子杀了，把国王的女儿保得味耳德（Bodwild）也奸污了，于是驾着自己制成的翅子而飞走了。

以下是关于赫耳吉传说的三首歌。英雄赫耳吉娶到战争女神瓦耳车勒。但是他们夫妇之中有一个死去，就只得离异。于是两人便交替着再生——这就是诗人所歌唱的主题。最有趣的是在 Helgakvitha Hundingsbana II 里，那个战争女神瓦耳车勒一族，有一个名叫西格鲁恩（Sigrun）的，寻她的丈夫赫耳吉寻到坟里去了。关于辛夫约特里（Sinfjotli）之死，是构成了《赫耳吉传说》集团与《尼伯龙根》集团的桥梁。

《尼伯龙根》是德国最著名的传说，这传说如何侵入了斯堪的纳维亚，又如何和其他的传说联合或化装，这是极令人感到兴味的事。我们在其中还时时看到那莱茵河的地理背景，可是却无端添上了些冰岛上的冰川和瀑布了。诗中的英雄已不是西格弗里（Siegfried）了，而是西古尔德（Sigurd）。在第一组诗歌里，这个英雄由于矮人吕金（Regin）的挑唆，而杀了矮人的哥哥，并且斩了龙怪法夫诺（Fafner），因而得到龙怪的藏金，但以后因为一个山雀的劝告，又把矮人吕金也杀了，并把一度为大神奥丁所催眠的战争女神瓦耳车勒·西格尔得果法（Walküre Sigrdrifa）在火城里唤醒了。在另一些诗歌里，是说西古尔德如何抛弃了好杀的战争女神似的妻子布伦希耳德（Brynhild），而娶了古德鲁恩（Gudrun），布伦希耳德由于西古尔德的撮合，嫁了古德鲁恩的哥哥古恩纳尔（Gunnar），但是由于嫉妒，她仍把负恩的西古尔德杀了，并且自杀，以便与西古尔德在地下重圆。

到此为止，这个传说无疑地很和德国《尼伯龙根》中叙到西格弗里之死相似，但接着所叙的和《尼伯龙根》中克里穆希耳德（Kriemhild）之可怕的复仇，就很不同了。这里说布伦希耳德之兄阿特里（Atli）强娶了古德鲁恩，而且要求西古尔德的财产。阿特里把古德鲁恩的哥哥古恩纳尔和许格尼（Högni）都诱来，也杀了。于是古德鲁恩为复仇起见，她把阿特里父子都在客厅里烧死，自己也投海自尽。

和这种结束相关，还有一些新鲜奇异的诗歌纠缠着。古德鲁恩投海并没有死，她找到国王约纳柯（Jonakr），于是有第三次的出嫁。同时她那和西古尔德第一次结婚所生的女儿名叫石万希耳德（Schwanhild）的，也和约尔萌勒柯（Jormunrekr）——这就是历史上高特王厄尔玛纳里希（Ermanarich）——结了婚。新的恐怖来了，石万希耳德为丈夫所杀，又由古德鲁恩的儿子复了仇。

北欧的神话和传说，表现在《埃达》里的，就是这样地充满凶残与复仇，那情调是多么阴沉和富有秋杀之气！

第四节

宫廷诗人

一 宫廷诗歌之盛衰

在时间的进展中，古代斯堪的纳维亚的叙事诗渐渐采取了历史的方向，神话与传说不过居于次要的地位，变成了装饰品。在这种叙事诗里，英雄诗歌遂转而入于宫廷诗人之手。在北欧这种宫廷诗人称为 Skalden，正如在古英国称为 Mistrels。他们为抬高自己的身价，常常是些王子的随从者。他们的艺术也以挪威为发祥地。第一个信而有征的北方宫廷诗人是布拉吉（Bragi der Alte Boddason）。他的出现约在 800 年左右，在他死后，几乎被人奉若神明。他就是挪威人。宫廷诗人的数目一共有二百以上，可是流传的却并不多。

宫廷诗人的取材大半是历史的现实；至于他们的成品则可分为两类，一是叙述一个人在战场上的故事的，所谓战歌（drápa），一是献给当时活着的挪威王子的，所谓赞歌（flokkr）。另外一些简单的情歌或讽刺诗，则称为 visur。宫廷诗之最显著的特点是矫揉造作。那些诗人本不为大众而写作，却只是为娱悦宫廷上许多博学的人而已。因此，他们表现一个概念的时候，决不用普通的字眼，而往往用所谓典故（kenningar），这是必须有历史的、神话的、自然科学的知识，还加上一种很快的悟性，才可以理解。例如称眼不叫眼，而叫"额上的太阳"，称金子不叫金子，而叫"西福的头发"（Sifs haar）。西福是什么呢？西福是雷神陶尔的妻子之名。不了解他们的神话，不是悟性快，谁又能懂得？

九世纪里著名的挪威宫廷诗人，除了布拉吉外，还有提奥道耳夫·封·何汶(Thiodolf von Hwin)，陶尔布越恩·霍恩克劳菲(Thorbjörn Hornklos)，艾温特·斯喀耳达斯皮里尔（Eivind Skaldaspillir），陶尔莱弗尔·亚尔斯斯喀耳特（Thorleifr Jorlsskald）等。

慢慢这些宫廷艺术由挪威而移到冰岛上来了。最可注意的是，这些诗人中颇有凯尔特人（Keltisch）的血统。他们的遭遇比他们的作品远为有趣，因此在传说上添了不少好材料。正像他们的嘴是随时准备舌战一样，他们身上也佩带着刀，由于那时斯堪的纳维亚半岛上的小杀伐无时或已，因而诗人也变成了备战的英雄，他们在今天还是挪威宫廷上的座上客，和敌手言归于好，但在明天也许就成了北极地带海边上的亡命徒了。这种离奇的遭遇，例如布越恩·阿斯布兰兹逊（Björn Asbrandsson）就是一个，他因为对于屠里达（Thurida）之爱，必须离开冰岛流亡它去，然而他在北美却成了印第安人的首领。

专以梦境为题材，创造一种很别致的梦境文艺（draumavisur）的，是吉斯里·苏尔斯逊（Gisli Sursson）。在宫廷诗人中，最可以作为代表人物的，是艾吉耳·斯喀耳拉格里姆斯逊（Egil Skalla-grimsson），他整个家族都是宫廷诗人，他本人就像把当时斯堪的纳维亚人的所有优长都聚集为一个焦点上似的出现着。当他为国王艾里希（Erich）所接待时，因为一首赞歌（höfudlausn）措词不当，而身首异处。

在性格上没有艾吉耳·斯喀耳拉格里姆斯逊那么可爱的，却还有一个诗人叫古恩劳哥·奥尔姆斯童古（Gunnlaug Ormstungu），他生于 983 年，卒于 1009 年，是中国北宋的时候了。他本人已是传说中的人物，他为了一个美丽的女子海耳蛤（Helga）而和他的朋友也是邻居的何拉奋（Hrafn）决斗，因而早夭。死时才二十六岁！此外可以提到的诗人，有格勒提尔·阿穆恩达尔逊（Grettir Amundarson），他生于 996 年，卒于 1031 年；有维特尔里底（Vetrlidi），——他曾因为一首讽刺基督教的诗而为冰岛上的圣徒唐布兰德（Thangbrandr）所杀；有哈耳弗勒德·万勒达斯喀耳德·奥塔斯逊（Hallfredr Vanraedaskald Ottarsson），生年不详，卒于1010年，他虽由挪威王奥拉夫·特里格瓦逊（Olaf Tryggvason）给受的基督教的洗礼，但他决不愿否认他对于古代异教神鬼的敬畏。在宫廷诗人的盛期，也有女诗人，例如女王古恩希耳德（Gunhild），就是其一。

宫廷诗的盛期是十世纪。在十一世纪里，虽然王室对于这种诗的兴趣有增无减，而且有些帝王自身即从事于此，然而宫廷诗在这时已经成了强弩之末了。尤其是当奥拉夫·特里格瓦逊在位的时候，异教思想既经迫害，根本把宫廷诗的基础动摇了；加之那些供给宫廷诗以材料的诸事如侯王间的彼此小战争，海上英雄维京（Wiking）式的生活等已告终止，而挪威西南部商业都市卑尔根之突然兴起，更都叫宫廷诗失却意义了。宫廷诗渐渐转而为宗教诗了，1000年以来已经开始歌赞玛利亚圣母和那些圣徒了。晚期的一个伟大的宫廷诗人是西格法特·陶达逊（Sighvatr Thordarson），他曾在奥拉夫的圣朝中居要津。宫廷诗的花样本极繁多，有人统计过是136种，但原始的形式大多是保持北方语的诗的特点，用头韵；自从诗人艾纳尔·吉耳斯逊（Einar Gilsson）才在他的《奥拉夫斯里穆尔》（Olafsrimur）里开始用脚韵，这是大约在1150年的事，中国已经是南宋了。用脚韵的诗体已很近于拉丁文的赞美诗。

二 宫廷诗歌之复兴：伟大的人物斯诺里

宫廷诗在后来有一个复兴期，这差不多是和德国的宫廷诗所谓艳歌（Minnesang）者之起来同时，即约在1170年顷。不过不同的是，它并不偏于原始的情感，而宁是出之于玄学的一类，而且它之复兴，也宁是一种历史的复古兴趣所使然。这一方面的领导人物就是多年以来被认为《埃达》的著者的智者塞蒙恩德（Saemund der Weise）。他生于1056年，卒于1133年，曾游学于巴黎，后来在冰岛上当牧师。不久，就又有一个超越他的人物出现了，这就是斯诺里•施吐尔鲁逊（Snorri Sturluson）。他曾为塞蒙恩德的孙儿所抚育长大。

斯诺里生于1178年，卒于1241年，是在任何时代也要算杰出的人物。他充分感觉到现代文化的气息，他具有文艺复兴时代的人物之共同特征，大约在一世纪之后，欧洲其他各地也就同有这种人物出现了。但因为他的政治地位之故，他在历史上的毁誉时有出入。他是准备把他的自由祖国冰岛奉献给挪威王权的统治的。不过以当时的情势论，在侯王间的争伐频仍之下，已产生了一些大地主，那些大地主未尝不希望如此解决。斯诺里在当时乃是一个极有势力的人物，又是军人，又是外交家，又是学者；以他拥有的地产论，就俨然是一个小朝廷。后来他在1241年的一次党争中被杀了，他的政治目的并没有达到。又过了二十年，挪威的王权才真正统驭了冰岛。

复兴了以后的宫廷诗没有初期那样单纯，它开始吸取外来的材料，例如宫廷诗人哈鲁尔·约格穆恩特斯逊（Hallur Oegmundsson）和自1484到1550年的约恩·阿拉逊（Jón Arason），就都倾向宗教诗。这时动物童话的诗歌也有了。然而冰岛上的诗人对于叙事的爱好依然还在，史诗是他们的主干，抒情诗的气息只是外套而已。

第五节

冰岛上的散文文学

一　冰岛文学中之骄傲的遗产：传说文艺

冰岛上的韵文作品虽已经式微，但她的文学中散文的一支却没有其他任何民族可以比肩，这就是冰岛的传说文艺(Saga-Dichtung)。这种艺术是纯然冰岛的，它的基础完全建筑在冰岛的家喻户晓的传统上。传说文艺的初意，只是指采自冰岛历史上的真事的叙述或者认为是真事的叙述，它的性质或者是像史家编年似的，或者是像说部传奇似的。塞蒙恩德很可能就是这种文学的开山。它的创始是在半晦半显之中，因为它原是口述的，一直到十三世纪（中国南宋）

时才被写出来。因此每一种传说文艺的形式，都是执笔的人的精神产物，为执笔的人的个性所浸灌着。

传说文艺的最高点约在 1230 年，这也就是斯诺里的时代。中心地带是在冰岛的西北部，因为这也是一般的文化最发达的地方。传说文艺中最优秀的当推《斯喀耳拉格里姆斯逊的艾吉耳传说》（Egilssaga Skallagrimsonar），这传说把冰岛上最初移民的故事说得生动极了。《瓦慈地拉传说》（Vatzdoelasaga）则叙说的全是经过四世纪的编年历史，而《曷拉芬凯耳传说》（Hrafnkelsaga）却是彻头彻尾带了传奇的意味。在美学上并在伦理上给人以最大的满意的，则是《诺亚耳斯传说》（Njalssaga），这是南部产物。

传说文艺的最大好处是其中插有许多宫廷诗歌，要不是由它保存，我们将见不到这些东西呢。作为历史资料看，这些传说本来也还十分客观，只是因为后来润饰之故，不免加了些成见而已。传说文艺中，除了关于冰岛上的事件外，也还有一种王室传说（Konungasögur），专写挪威皇家的生活，例如斯诺里的《王室历史》（Noregs Konungr Sögur）就是这一类的名著。《王室历史》开端的字是世界危机（Heimskringla），所以我们也常以《世界危机》称这一部传说。在这一部传说里，斯诺里表现了出人意料的现代历史家、心理学家和批评家所能够达到的水准。

传说文艺的圈子，更越来越大了，从叙述挪威的事情，又叙述到丹麦和丹麦所属的法吕尔（Färöer）群岛的事情上去。再到后来，传说文学就童话化，正式传说与神话乃交糅为一了，却因此我们得了不少关于日耳曼传说如何演化的有价值的材料。《弗里德提奥夫传说》（Fridthiofssaga）和《曷鲁耳夫·克拉吉的历史》（Geschichte von Hrolf Kraki），其中就是把古代传说与现代传奇很稀罕地混合着的。《卧耳宋蛤传说》（Volsungasaga）及其有关的《拉格纳尔传说》（Ragnarsaga）都是把《尼伯龙根》的材料又处理了一次，而《提德瑞克传说》（Thidrekssaga）就是把德国关于传说中的地特里希·封·勃恩（Dietrich von Bern）的诗歌很表面地又组织起来了的。最后，中古时代的一般欧洲的材料也吸入了冰岛的传说文艺：巫士默尔林（Merlin）的故事，《特里斯坦》（Tristan）的故事，亚历山大的故事，沙里曼大帝的故事，《福劳尔与布兰希弗牢尔》（Flor und Blancheflor），《巴尔拉穆与约撒法特》（Baarlam und Josaphat），以及世界史纪年等，统统采用了。传说文艺的最后作者，一直进入了十八世纪。传说文艺，颇似中国演义小说中的讲史一类，由近及远，由现实而涉入神怪，途径也很仿佛。就是以所占的时间论，相去也差不多：一个在十三世纪到十八世纪，一个在南宋到清初。

二　民族文化的独立运动之萌芽：《新埃达》

冰岛散文文学中关于学术的，这就是包括法律的来源，数学与天文的著作等等的，我们就要举出斯诺里·施吐尔鲁逊的《新埃达》，也就是《斯诺里的埃达》（Snorra Edda）了。这个集子一共分为五部分，第一部分是序言，叙述亚当夏娃以来的世界历史，大体上与基督教的传说相近。第二部分叫作《吉耳法近宁》（Gylfaginning），叙的是吉耳夫王的故事，又杂以奥丁大神的灵异等。这一部分在散文的描述中，有时插入简明的诗句。第三部分叫作《布拉蛤吕尔》（Brgaraeour），或《布拉吉（Bragi）的语录》，是说诗神布拉吉的故事，以及其他神明的传说的，据说布拉吉是奥丁大神的儿子。这第二部分和第三部分都和《旧埃达》十分相符，几乎是《旧埃达》中的古代北方传说之又复述一遍似的。第四部分叫作《斯喀耳特斯喀帕穆耳》（Skaldskaparmól），是《宫廷诗的诗学》之意，包含布拉吉所告诉的古诗做法与原则，常引冰岛上的古诗人的作品为证。其中不但有许多截取的诗句，而且有长诗的全文。它的价值，在《新埃达》中为最高。第五部分叫作《哈塔塔耳》（Hattatal），是讨论斯诺里为挪威王哈康（Haakon）所作的两首诗的技术的。整个书的风格颇为一贯，很像为说明宫廷诗之神话的、英雄传说的、韵律的与修辞的基础而作的。

在我们对于冰岛的文学作了一个鸟瞰以后，我们就可以隐约看出在冰岛上实在有一个要建设一种独立的民族文化的企图。这同一趋势的萌芽也表现在大陆上的斯堪的纳维亚的国家中。这首先是丹麦。丹麦先是被从南方而来的基督教的教养所席卷着，由基督教的传教事业兴盛之故，拉丁文进来了，于是表现文学的机关也就建立了。就在斯诺里用他自己的国语写《世界危机》（Heimslringla）之时稍前，一个罗马基督教的学徒丹麦牧师名叫萨克薮·格拉玛提库斯（Saxo Grammaticus），译言语学大师的，生年不详，死时是

1204 年，也想从祖国的诗歌里，用流利高贵的拉丁散文，创一部历史著作。后来他这愿望实现了，他写的是《十六卷的丹麦史》(Historiae Danicae libri XVI) 。他的写法，完全和斯诺里无殊。

第六节

民间文学：蓄存的民族精神

　　斯堪的纳维亚民族之文艺倾向，根底上是十分带有民族性的，不过在教堂的世界观的压制剥夺之下，表面上好像蛰眠而已。不错，宫廷诗已奏出英雄主义的最后丧钟，传说文学的发展也曾为教会所笼罩的历史叙述所阻止，然而在民族的心性之中，对于古老的英雄时代的缅怀，却仍无时或已；也就是在那民族的心性之中，那真正的北方精神历数世纪而仍无衰歇地潜在地活跃着。因此在十四世纪、十五世纪、十六世纪里都有充满这种民族精神的民间文学流行，于是构成一种丰富的诗料宝库。到了十七世纪，遂以不断的学校教育之传递，而成为一般的民族遗产了。在十八世纪里，这种文学曾为虔诚的宗教精神所反对，认为无用之物。但是这种反对，能有什么效果？说起这种民族诗歌的宝库来，有三分之二是一般地属于丹麦、瑞典和挪威的；特别是挪威的这方面的作品，乃是最有力，并最深刻，将永远成为世界文学中的瑰宝。在形式上，它和宫廷诗之差异，就是用脚韵。内容则更丰富些。这些民间文学有时是发挥古代英雄传说的某一枝节，而加以铺张；有时是采取当代的历史事件，而加以歌咏；有时是在英雄与美人的心灵生活中，把那取不尽的悲欢离合，编而为弹词；有时则是叙述想象的女鬼或巫士，让古代北方的民族信仰的脉搏依然活跃。这种诗歌中之最古的便是所谓《战歌》（Kaempeviser），倘若不论它的形式而论它的根本情调时，则确切无疑是产自异教精神。所有这些诗歌，都是有戏剧性的、生动的，但在它那所表现的粗野而不羁的英雄生活之中，也常常有一种温柔的思想透露而出，这就宛如森严的峭壁之中，也常常照射着温和的太阳。

任何人只要对于真正文艺会欣取的，一定在这些诗歌里满载而归——什么《阿克赛耳·陶尔德逊与美丽的瓦耳保尔哥》（Axel Thordson und schön Walborg），什么《哈保尔与西格尼耳德》（Habor und Signild），什么《英雄封维德》（Held Vonved），什么《毕尔格王》（König Birger），什么《墓中之母》（die Mutter im Grabe），什么《奥德斯器尔之屋耳夫》（Wulf zu Odderskier），什么《骄傲的因格尔里耳德》（Stolz Ingerlild），什么《美丽的安娜》（Schön Anna），什么《娇小的洛莎》（Klein Rosa），什么《怪异的竖琴》（die Wunderbare Harfe），什么《艾伯·提克逊》（Ebbe

Tykeson）等，真是美不胜收！可是谁是这些诗歌的作者呢？那就只有天晓得了！

第七节

近代的冰岛文学：民族文化的独立运动之完成

在 1380 年，冰岛和挪威又一齐归并于丹麦。冰岛古代文化和古代文学的光荣，这时都成了过去了，丹麦的统治，完全像一个继母对待前生的子女一样，于是冰岛的文化乃有了另一个面目。这新面目的冰岛文化完成于十六世纪。第一个代表人物是宗教改革家古德布兰杜尔·陶尔拉克逊（Gudbrandur Thorlákson）的神学著作。这位宗教改革家生于 1542 年，卒于 1627 年，是中国的明末时候。因为印刷业的发达，已促进了文学的再生；而以往对于教育的饥饿，使新式的学校教育迅速地达到稀有的水准。后来的作家有著名的宗教歌的著者哈耳格里穆尔·普耶吐尔斯逊（Hallgrimur Pjetursson），他生于 1614 年，卒于 1674 年，可惜他有一个缺点，就是太好故意地寻求比喻，到了令人不耐的地步。又有施泰帆·奥

拉夫斯逊（Stefan Olafsson），生于 1620 年，卒于 1688 年，在他
讽刺文、饮酒歌及情歌中，颇沾染当时模拟古希腊诗人安纳克里昂
（Anakreon）的作风。

一个新的危机却又来了，在十八世纪时，丹麦对于殖民地所
施的政治经济的压迫太甚，居民显著地减少下去。然而自此以后，
冰岛上政治与文化的独立运动，也在暗中滋长，一直到 1918 年独
立运动便成功了；只是表面上丹麦仍保持联系，仍拥戴丹麦王为君
而已。

在这新运动之中文学上的觉醒者首先是艾格尔特·奥拉夫斯逊
（Eggert Olafsson）。无论作为理论家，或作为实践的诗人，他都
是以脱离丹麦的巴洛克（Barock）式的矫揉造作的作风为事的。另
一个人物是约恩·陶尔拉克斯逊（Jon Thorlaksson），他生于 1744
年，卒于 1819 年，是克劳普斯陶克（Klopstock）和米尔顿的翻译
者；但他不仅是一个翻译者，而且是一个抒情诗人。喜剧作家有西
古尔德尔·普耶吐尔斯逊（Sigurdr Pjetursson），很机智，也很狂热，
但是不一定常常保持着好趣味。冰岛上一个方面最多的作家则是玛
格奴斯·施泰芬斯逊（Magnus Stephensson），他生于 1762 年，卒
于 1833 年，他是各种学术著作的作者，对国民教育的努力上从无
倦容，数十年如一日。约恩·陶尔凯耳斯逊（Jon Thorkelsson）也
是一个著名的学者，一如他之在许多出版物中，反对丹麦统治的著
名。在学术工作中，冰岛是倾向于日尔曼语学的，这几乎是成了一
种国家学术。它的研究中心机关，便是首都雷克雅维克（Reykjavik）

大学。这是世界上最小的大学，然而声誉却并不坏。

在抒情诗中，一般的诗人都是以歌咏冬天为事。只有一个例外，这就是布亚尔尼·陶拉伦逊（Bjarni Thórarensen），他生于1786年，卒于1841年，他歌唱的乃是对春天寄以无穷的向往。他的情调，却也不拘一格，有爱国的情感，有温柔的相思，有辛辣的讽刺，但作风仍有一贯的地方，这就是粗大豪迈，不失北国本色。比他更优秀、更高贵的，则是约恩·哈耳格里穆斯逊（Jon Hallgrimsson）。冰岛上特别有一种诗材，即超魂歌，此中巨手当首推玛提亚斯·约曷乌穆斯逊（Matthisa Jochumsson）。我们要注意的是，冰岛上的诗虽大半已多用脚韵，但现在还很少有人破坏头韵的律则。

冰岛的散文不是没有进步，只是因为使用冰岛语言的地方太小了，所以不能让它的名作家如约恩·陶鲁德逊（Jon Thorodsen）列在和比昂松相比肩的地位。这是生于1819年，卒于1868年的一个青年女作家。另外还有本诺第克特·斯范毕尔纳逊（Benedikt Sveinbjörnarson），也是一个好散文家，而施坦格里穆尔·陶尔施坦斯逊（Steingrimur Thorsteinsson）也不仅以翻译著名。

说到最近的作家，则有生在1889年的叙事家古恩纳尔·古恩纳尔斯逊（Gunnar Gunnarsson），以及生在1888年的戏剧家古德穆恩杜尔·喀穆班（Gudmundur Kamban）。

第八节

法吕尔群岛的文学：北国民族之反抗性

处于英吉利和冰岛的中间，去丹麦西北约 320 公里的海洋中，有大小 21 个岛屿的岛群，我们通常称为法吕尔群岛（Färoer），她是属于丹麦的。在我们叙述过冰岛之后，理应不把她忘却。在很早的时候，她已有丰富的民歌，例如《克威德尔》（Kvaeder）与《里默尔》（Rimer）。这些民歌的内容是什么呢？原来就是关于西古尔德的传说，又加上新装而已。在法吕尔群岛上比较有独创性的东西，则是一直到现在还保留着的歌舞（Liedertänze）。因为基督教侵入这个波涛汹涌的群岛，于是产生了《费来英蛤传说》（Faereyingasaga），这传说一方面叙述基督教如何传入，一方面也叙述她们的民族英雄特朗德（Trond）。

在近代可以提及的诗人，则有泡耳·诺耳绪（Paul Nolsö），他生于 1766 年，卒于 1809 年。他也像冰岛上的诗人之反对丹麦的统治一样，作着一种政治意义的诗歌。他在极其动人的作品《鸟歌》（Vogellied）里，把丹麦的统治者当作攫食的鸷鸟而讽嘲着。北国的反抗性毕竟是可爱的！另外的诗人有农民因斯·克里斯提亚恩·德郁尔曷奴斯（Jens Kristian Djurhnus），他除了政治的讽刺诗外，还作过关于挪威王奥拉夫·特里格瓦逊（Olaf Tryggvasson）之死的弹词。

第二章
丹麦文学

第一节

丹麦文学的序幕

    讲古代北方文学的时候，中心是冰岛；讲近代斯堪的纳维亚文学的时候，却要首先算到丹麦了。丹麦的立国相当古，十一世纪时曾征服瑞典挪威，是北欧的大国，英伦也还入过她的版图。丹麦人现在所说所写的语言，和挪威的没有什么分别，都是从古代北方语经过很少变化而形成的。大概在十世纪之末，丹麦语和瑞典语才脱离古代北方语而独立，然而在中世纪里它们是一直联系着的，所以就是到了十四世纪里仍然有一种共同的斯堪的纳维亚的文学语言，这就是所谓毕尔吉提诺语（Birgittinersprache）。丹麦的古代北方语的残存，在断碑残碣上还时而发现着。一度存在而现在亡失了的用古代北方语所写的英雄诗歌，大家推想是十二世纪的萨克索·格拉玛蒂乌斯（Saxo Grammaticus）所作。在中世纪的初期，丹麦颇多拉丁文的著述，此中翘楚，也自然要推萨克索·格拉玛蒂乌斯，这是我们在讲《冰岛上的散文文学》时所已经提到的了。对于丹麦书写语言所给了很大的助益，让她形成现在这种样式的，自然是北部德意志语，而盎格鲁萨克逊的成分也决不能轻视，可是在中世纪里已丝毫寻不出这种迹象来了。现在所存留的许多古代丹麦的文献，是限于一些法典、学术著作、宗教的抒情歌（关于圣母玛利亚的），以及根据萨克索的著作而编的用韵的年表而已，而欧洲一般的英雄故事及艳情故事等，我们却并没有看出什么据以改编的名著。事实上，这时的丹麦乃是为斯堪的纳维亚的谚语和民歌的制造，而占据了他大半的精力了。

　　丹麦文学的第一个代表人物是宗教改革家克里斯提恩·忒德逊（Christiern Pedersen）。他生于 1480 年，卒于 1554 年，这已是中国明朝的中叶。他曾编过一部拉丁丹麦的字典，并翻译过《圣经》，这促进了书写的丹麦语言的发展。和他在一起，也对文学上有着贡献的宗教改革家有汉斯·陶逊（Hans Tausen），生于 1494 年，卒于 1561 年；有汉斯·施潘德玛格尔（Hans Spandemager），作过一些教堂的诗歌；有培特鲁斯·帕拉地乌斯（Petrus Palladius），生于 1503 年，卒于 1560 年。在宗教改革期的论争书中，还有一部匿名的讽刺著作，叫《培忒·施米特与阿德采尔·磅德的历史》(Historie von Peter Smed und Adzer Bonde)。至于宗教改革期中的天主教方面的著名作家，则有泡耳·海耳格逊（Paul Helgesen），生于 1480

年，卒于 1536 年（？），也可以算是代表人物了。

　　人文主义把丹麦有头脑的上流人物都带到欧洲一般的视野中去，例如那有名的天文学家提侯·布拉赫（Tycho Brahe）就是其中的一人。不过丹麦的文学一直到十六世纪，还是很贫弱。那些诗人往往限于韵语，例如培忒·劳格兰德（Peter Logland）就是这样的，又往往限于宗教诗歌，例如约翰·陶茅斯（Johann Thomaus）的一个集子便是如此。汉斯·克里斯顿逊·斯滕（Hans Christensen Sthen）则是在民歌的形式之下，而写着宗教性的情歌的，他生于 1544 年，约卒于 1603 年。然而丹麦的宗教诗之父，却当推陶玛斯·磬高（Thomas Kingo），他生于 1634 年，卒于 1703 年。丹麦第一个新闻记者是安德斯·保尔丁（Anders Bording），他生于 1619 年，卒于 1677 年。以外国作家为模范，而致力于丹麦戏剧的，则有培德·因生·海格隆德（Peder Jensen Hegelund），生于 1542 年，卒于 1614 年；有希鲁尼穆斯·犹斯特逊·兰曷（Hieronymus Justesen Ranch），生于 1539 年，卒于 1607 年；有茅根斯·斯器耳（Mogens Skeel），生于 1650 年，卒于 1694 年。一直到三十年战争结束，丹麦的知识分子一部分说德国话，一部分说法国话，他们自己的语言却还是粗野而荒芜的。但这只是丹麦文学的序幕而已。——序幕虽不精彩，以后却有佳剧上场！

第二节

丹麦文学的真正开始

——大喜剧家霍尔堡

　　丹麦文学的真正开始，是始于一个挪威人路德维希·霍尔堡（Ludwig Holberg）。霍尔堡生于 1684 年，卒于 1754 年，是中国清初的时候。他本是生于富有之家，可是父母早丧，被叔父和从兄所养育着。1702 年（十八岁）入哥本哈根大学。此后过的是一种漂泊不定的流浪生活，足迹几达全欧洲之半，并且在英国牛津读了两年书，最后却定居于丹麦，在哥本哈根大学担任教授。这时是 1718年，他三十四岁了。他是把丹麦语的规律给寻出来，又加以熔铸和纯化，使丹麦语成为一种可用的表现工具的人，同时他也把一种国民趣味给建设起来了。他的功绩完全是不可计量的，他以最新鲜的人生经验，以最健康的民族精神，加之以最独创的幽默，最真正的喜剧性，使他对于丹麦的国家戏剧，也建了奠基的殊勋。

　　1721 年，丹麦初设剧院于哥本哈根，他就是一个指导者。初次开演是次年九月，演的是莫里哀（1622—1673）的《悭吝人》，这是使他决心要创造丹麦喜剧的开始。这时他三十八岁了。

　　他一共作有二十八种喜剧，这都是追随着意大利的喜剧之典型面目的。他所鞭策的多是他那本国人之狭小的乡愿性（philistertum），例如他的《后补政客》（Der Politische Kannegiesser），攻击的是啤酒商的政治；他的《山上的耶比》（Jeppe auf dem Berge），骂的是酒鬼；他的《人类公敌地特里希》（Dietrich Menschenschreck），挖苦的是那些夸口的小人之辈。他所描写的人物都是很具特征的，不过比起法国的莫里哀来，他还没达到太高的水平。

他也作过英雄诗，题目是《彼德·鲍尔斯》（Peder Paars），然而根底上还是喜剧艺神的嫡子。他在写丹麦的一个小贩之旅途经验中，时时故意作着无数的荷马与维吉尔（Vergil）的滑稽模仿，但他的本意自然仍重在对当时的丹麦文化与伦理状况予以针砭。

他写的讽刺小说《尼尔斯·克里姆之地下旅行》（Niels Klims unterirdische Reise），可说是斯威夫特（Swift）的《格利佛游记》的孪生兄弟，也许是因为拉丁文写出之故吧，在那些只能听本国语言的丹麦的观众中，只有少数人接受它。

霍尔堡的作品之基本特征是辛辣的，但霍尔堡的讽刺是这样直爽，这样纯粹，这样富有令人舒适的慈心，所以那效果宁是叫人松快，叫人感到诗意，而不是刺疼。

最后我们不要忘了霍尔堡是一个多方面的天才，他除了是一个文艺作家之外，还是一个史家，他作的《丹麦与挪威的国家历史》（Staatsgeschichte Dänemarks und Norwegens）就也是一部名著呢。

在霍尔堡著作的同时，还有几个可以值得一述的作家：有以轻描淡写的讽刺著称的法耳斯特（Ch. Falster），他生于1690年，卒于1752年；有以哀歌（Elegik）、教训诗（Didaktik）、书信

文学而唤起国人注意祖国文艺的图林（Ch．B．Tullin），他生于
1728年，卒于1765年。

第三节

丹麦国歌的著者埃瓦尔德

　　把丹麦文学提高到一个更高的水准的，则是开始于约翰内斯·埃
瓦尔德（Johannes Ewald），他是生于1743年，卒于1781年的人物。
他在十五岁，就热爱了一个女子，后来和他的哥哥一同逃出从军，
入了普鲁士的联队。1760年（十七岁）才回丹麦，从事于作诗。他
是私淑克劳普施陶克（Klopstock）的，只因为贫困交加，在三十八
岁时，已结束了他的生命，可是他好像是最得上天的宠爱似的，年
寿虽促，却做了不少事业，正是如挪威籍的丹麦作家亨里克·斯坦
芬斯（Henrik Steffens）所说："他开始使他的祖国文字之温和而动
人的深度发掘出来了，他使那在他自己最生动的性情之最深刻处所
发的思想熔铸出一种精神的活泼性，他让那由震撼的心灵之核心所
发出的苦或乐的音调可以运用自如地流露出来了。"

埃瓦尔德最出色的乃是抒情诗。以抒情诗人的资格论，他在他的短歌、哀歌里，都见出敏锐、独特、深刻、并极其富有内在性。就是在他的戏剧文艺，如《幸福神之庙》（Der Tempe）、《亚当与夏娃》（Adam und Eva）、悲剧《鲁尔夫·克拉克》（Rolf Krake）、《费勒孟与保息斯》（Philemon und Baucis）、有名的神话歌剧《光明神巴尔德之死》（Balders Tod），以及同样有名的歌剧《渔夫》（Die Fischer）等里，其中都有非常显著的抒情成分。他的喜剧则有《哈尔勒琴》（Harlekin）、《爱国者》（Patriot）、《不结婚的人》（Die Hagestolzen）、《野蛮的鼓掌者》（Die brutalen Klatscher），在那时对话和布局中，也都表现他那机智和笑乐的天性。

埃瓦尔德在形式上也许没能完全脱离了法国的"亚历山大作风"（Alexandriner），可是他的心却是一心一意趋于民族并故国的。他的最好的文艺创作之取材，大半是本国的神话和英雄传说。他那有名的丹麦国歌《克里斯蒂安国王站在高高的桅杆旁》（König Christian stand am hohen Mast），使他跻于最幸运的少数诗人之列，在全民族的各阶层的心灵中都对他无时不忘了。那有名的国歌是这样的：

克里斯蒂安国王站在高高的桅杆旁，

满是雾和烟；

他的刀打得这样强，

经过了高特人的头颅和盔装；

现在沉没了船身和桅樯，

满是雾和烟。

"滚！"他们喊，"滚，谁敢！

谁敢把我们丹麦王克里斯蒂安，

动一拳？"

尼耳斯·犹厄耳（Nils Juel）留神到风暴中的咆哮；

正是时候！

他重又举起那血红的大纛，

向敌人攻击个饱，

他高叫，越过了风暴中的咆哮，

"正是时候！"

"躲！"他们喊，"快找地方躲！

丹麦的犹厄耳，谁敢惹

那势头？"

北海！魏塞耳（Wassel）的一瞥，裂开

阴沉的天空！

战士向你的双臂遣派；

他到那儿，恐怖和死亡都带光彩；

波涛中有呼号，裂开

阴沉的天空！

从丹麦陶顿斯库耳（Tordenskiol）打霹雷

让每个人把灵魂向上天致意，

而飞腾！

丹麦人到荣誉与权力之道！

黑的汹涌的波涛！

接受您的朋友吧，他反对逃，

他对危险，不过置之一笑，

您是风暴的权力，您该骄傲，

黑的汹涌的波涛！

在欢快和惊讶里，

在战争与胜利之中，您的双臂

是我的墓道！

埃瓦尔德把丹麦的悲剧从玄学的法国作风之下解放出来了，浸淫于这种作风的作家有布伦（J. N. Brun），布伦生于 1745 年，卒于 1816 年。继承埃瓦尔德的使命的，则有悲剧家萨姆绪（O. J. Samsöe）。萨姆绪生于 1759 年，卒于 1796 年，他著有《地维克》（Dyveke）。

把丹麦的国家喜剧的剧目又给丰富起来的，有一天才作家维塞耳（J. H. Wessel），他生于 1742 年，卒于 1785 年。他的幽默叫人想起英国的巴特勒（Butler），那是比他还早一个世纪的人。在他的名作《无望之爱》（Kjaelighed uden Stromper）里，对于法国悲剧之粗狂的悲感极尽讽嘲的能事。此外的喜剧作家则有培忒·安德里亚斯·海勃格（Peter Andreas Heiberg），他生于 1758 年，卒于 1841 年，他的天才也不低，只是太喜欢政治性的攻击了。他的代表作是《海经勃恩》（Hekingborn）。又有克奴德·林诺·拉柏克（Knud Lyne Rahbek），他生于 1760 年，卒于 1830 年，他在文学上是多方面的，但都很优秀。还有克里斯显·奥劳夫逊（Christian Olofsen），他生于 1764 年，卒于 1827 年，著有《古耳达逊》（Gulddaasen）。另有一个喜剧家，同时却也写得很好的歌剧的，是陶玛斯·塔鲁普（Thomas Thaarup），他生于 1749 年，卒于 1821 年。他是想追随埃瓦尔德的，但却略逊一些。

在这时长于写歌曲、弹词、寓言、哀歌、牧歌、讽刺文和教训诗的，则有已经提过的拉柏克，他尤长于饮酒歌；有玛耳特·康拉德·布鲁恩（Malte Conrad Bruun），他生于 1775 年，卒于 1826 年；有厄德瓦耳特·施托姆（Edvard Storm），他生于 1749 年，卒于 1794 年；有因斯·蔡卫里慈（Jens Zetlitz），他生于 1761 年，卒于 1821 年；又有克劳斯·弗里曼（Claus Friman），长于写自然景物的抒情诗；奥图·霍勒保（Otto Horrebow），他是法国伏尔泰（Voltaire）的信徒。赫尔慈（J. M. Hertz）把六步韵法引入丹麦的史诗，而普拉姆（Ch. Pram）把古代北方的材料，能加以浪漫的史诗的处理，这也是值得一提的。

第四节

丹麦文学的新页

——诗人巴格逊

另开始丹麦文学的新页的，是因斯·巴格逊（Jens Baggesen），他生于 1764 年，卒于 1826 年。少时贫苦，曾因为不能自存而自杀过，后来决心振作。1782 年（十八岁）入哥本哈根大学，二十一岁时已有相当的名声。1789 年（二十五岁）作品却受了打击，他愤而出国在各国流浪，学会了用德文写作。晚年的生活很凄苦，1806年(四十二岁）回哥本哈根看二十七岁的青年诗人越伦施勒格尔，因嫉妒而频频嘲骂着。1821 年（五十七岁），他又回巴黎，不久妻子俱亡，次年又因负债入狱。1826 年，他还想再看一看故国，但是死在途中了。他所倡导的文学运动，那渊源是德国古典时代的几个先驱，即克劳普施陶克、魏兰（Wieland）一般人。不过巴格逊也还不是在这个丹麦文学运动中有决定力量的人，因为他还没给出一定的方向。

巴格逊的确是很有天才的，不过他的天性很混乱而分歧，他时刻游移于文艺、哲学与政论之间。他时而热爱祖国，也时而向往异域，他时而追求丹麦的名誉，又时而要成为德国的名作家，结果却都没得到很好的地位。在他的血液里，可说是真有一种魔性的（dämonisch）诗人冲动在鼓荡着，只是因为他太喜欢模仿这个、模仿那个了，所以他的作品总不免打上一种模拟的烙印。

由于对某一种文体的不满，便时而尝试着各种体裁。可是无论什么体裁也罢，人们总看出那范本的所在来。例如他的歌与短诗，其中是克劳普施陶克；他的牧歌，其中是屋斯（Voss）；他的喜剧性的叙述，就又是魏兰了。

他最成功的东西，自然还要推他那喜剧性的叙事文。由于有趣的喜剧情节，幽默的讽刺，以及像表现在他那诗歌和通信集中的妩媚的风格，并由于出色的轻飘流丽的新鲜，和语言的工巧，这喜剧性的叙事文终于在他的国家文学中留有一个不可动摇的地位了。

以歌剧诗人论，他虽作有《霍耳格·丹斯克》（Holge Danske），但是并无足轻重，反之，他在四卷《诗人漫游在欧洲》（Digter-vandringer in Europa）里却表现为一个出色的散文家。

刚才我说他有魔性的诗人冲动，在这方面最表现得清楚的，自然是在他的诗里，那里有着克劳普施陶克的影子在。下面是可以作为一例的他的《童年》：

有一个时候，我还很小，
总共全身不过三尺来高，
我一想到，甜蜜到泪落，
所以我总爱把童年寻找。

我在我慈母的怀里游戏，

我在父亲的膝上当马骑，
苦恼，幽怨，和惊险，在我会一般，
金钱，希腊，和温情，我一切不管。

那时我觉得世界并不大，
世上的罪恶也不是可怕；
我看天上的星星像些点，
我要有翅子，我就去抓。

我见岛后的月亮已下坠，
咳，我要能往那岛上来回，
我一定可以知月为何物，
寻出她多大，多圆，多美！

我奇异地看到西天太阳，
夜里沉没在海的金裙上，
可是明晨又很早地升起，
把东边的天空涂成胭脂。

我想到上帝，仁慈天父，
他造了我，又造了杲日，
天上的珍珠，穿在一起，

由他的手，播扬在天际。

有儿童的敬畏，我刚学话，
就有教我的虔诚的妈妈。
温和的上帝，让我黾勉，
常聪明，良善，听您话！

我曾经为父母这样祈祷，
又曾为姊姊，为全同胞，
为不知名的王，为穷人，
他们老了，去了，死掉。

他们死掉，幸福的童年也没了，
我知道那一切快乐和平静完了，
现在我只有那苦心养育的记忆，
上帝，别让我永远把这也丢掉。

　　巴格逊很费了一些时候，用在无效地攻击越伦施勒格尔上。巴格逊的攻击，不过完全出于敌意。也就是这个越伦施勒格尔才是真正给丹麦的新文学完成奠基的工作的呢。

第五节

丹麦最伟大的作家越伦施勒格尔
——浪漫派之起来

亚丹姆·越伦施勒格尔（Adam Oehlenschläger）是一个什么样的人呢？他是 1779 年 11 月 14 日降生在京城哥本哈根的附近，比巴格逊小十五岁，在 1850 年 1 月 20 日以国立大学的美学教授资格而死的。当他在哥本哈根初次讲学的时候，挪威的哲学家亨利克·施泰芬斯和他同事，二人一见面，就谈了十六小时，他回家立刻写了一首《古耳德霍恩诺》（Guldhornene），新形式和根于古代传说的丹麦文学便建立了。他是和英国的浪漫派诗人华兹华斯同年死的。关于他的生平，他遗留给我们一部《回忆录》（Meine Lebenserinnerungen），出版于 1850 年，凡四卷，说得极为详尽。他认识了一些德国的第一流文人如歌德、宏保耳特、费希特、提克等，他有很多著作，也是用德文写的呢。

越伦施勒格尔的天才是卓越的，兼具抒情诗、叙事文艺和戏剧才能于一身。他的文学改革活动建筑在对古代北方文学宝藏的探研上。这种文学宝藏，由于具有爱国热情的学者年年予以狂热的再发掘，并且继续发掘下去，那成绩是越发斐然了。越伦施勒格尔就是把古代神话和英雄传说作为他自己创作的基础，或则史诗

的，或则戏剧的，在各方面表现着。例如他作的诗《北方诗集》
（Nordische Gedichte），他作的英雄歌咏《霍洛耳夫·克拉克》
（Hrolf Krake）、《北方之神》（Die Gotter des Nordens），他作
的小说《海耳格》（Helge），他作的传说文艺《霍鲁尔王》（König
Hroar），以及悲剧《哈康·亚耳》（Hakon Jarl）、《帕耳纳陶克》
（Palnatoke）、《阿克赛尔与瓦耳勃哥》（Axel und Walborg）、
《艾瑞希与阿拜耳》（Erich und Abel）、《善人巴耳杜尔》
（Baldur der Gute）、《君士坦丁堡之魏令格尔》（Die Währinger
in Konstantinopel）、《伊尔萨》（Yrsa）等，都是。这最后提及的
悲剧《伊尔萨》，是一个三部曲传说的中间部，其前一部即《海耳
格》，其后一部即《霍鲁尔王》。

　　单就他所选择的材料，一点也不是新的，至于他之所以成功，
乃一方面在由于这些北方文艺的影响，使他获有一种民族精神和真
正情感，另方面则在他有一种灵巧的技术，把那些北方的英雄披上
了浪漫主义的外衣。

　　说真的，他对德国的浪漫派，虽有同感，但并不倾倒，即如对
施勒格耳兄弟（Brüder Schlegel）及其天主教的倾向，简直有时望
望然去之。

　　越伦施勒格尔的大半荣誉并不由于那有关北方的文艺，却由于
一种东方童话的改编为戏剧，这就是《阿拉丁或名神灯记》（Aladdin
oder die Wunderlampe），出版于1804到1805年。题材采自《天方
夜谭》，然而其实是一篇诗人的自白，神灯指的诗，阿拉丁指诗人，

他之在巫士诺雷丁（Noureddin）的手中挣脱，乃是表明逃掉了理智主义的羁绊。

在他的晚年，他更爱沉醉于幻想的东方，他著有《东方文艺》（Morgenländische Dichtungen）。

他的抒情诗的脉搏却相当脆而易碎，因而影响了他的歌剧如《盗城》（Die Räuberburg），《鲁德拉姆之穴》（Ludlams Hohle）都不很成功。比较好的，是他的戏剧性的牧歌如《渔夫》（Der Fischer）、《牧童》（Der Hirtenknabe）。说到他的喜剧，如《爱神弗莱阿之坛》（Freias Altar），有点冷，而不自然。就是他的小说，假若不是以北方传说为题材的，也就枯燥而暗淡，但是他之改编德国古小说《费耳逊勃哥岛》(Insel Felsenburg) 而写的四卷《南海之岛》（Die Insel im Sädmeer），却很出色。他也写过所谓艺术家的剧本（Künstlerdrama），他写的是意大利画家柯雷乔（Correggio），虽在德国剧场上颇能轰动，但终是叫嚣之作，失掉了美。

在他晚年，曾于瑞典龙德（Lund）教堂，加桂冠，称为斯堪的纳维亚诗歌之王。1849 年，他的七十诞辰时，有盛大的祝贺会，连丹麦国王也来参加。次年 1 月 20 日，遂死去。

下面的一首《有一个销魂的地方》，代表他抒情诗的一斑：

> 有一个销魂的地方，
>
> 那儿有长臂的山毛榉生长
>
> 在盐水浸灌的东滩上。

古丹麦，我们称呼
这些蜿蜒的山和谷，
这也就是弗莱亚神的堂庑。

这里曾坐有
古代的介胄，
他们自战场上退休。
他们曾把敌人驱散，
如今在荒山，
安顿下他们的倦颜。

这地方是可爱的静，
被蓝色的海水回萦，
山和谷都那么年轻，
淑女和美人，
童稚和英雄，都选定
这丹麦岛上丛林场中。

第六节

浪漫主义时代及其作家

丹麦浪漫主义的开路人是一个挪威作家亨里克·斯坦芬斯（Henrik Steffens），在我们讲埃瓦尔德时，曾介绍过他的批评；在讲越伦施勒格尔时，曾说到他和越伦施勒格尔的往还。斯坦芬斯生于 1773 年，卒于 1845 年，曾在作为德国浪漫派的发祥地耶纳（Jena）住过好久。还有一个丹麦的很独特的抒情诗人沙克·冯·施塔费耳特（Adolf Wilhelm Schack von Staffeldt），他生于 1769 年，卒于 1826 年，他把柏拉图的理念说和神秘的浪漫派都很清晰地把握在诗歌里，但他实在是一个真正的德国浪漫派。

纯然在丹麦土壤里生长的作家则是尼考来·弗里特里克·赛费令·格伦特维希（Nicolai Frederik Severin Grundtvig）。格伦特维希生于 1783 年，卒于 1872 年。他是斯坦芬斯的表弟，因为斯坦芬斯讲谢林的哲学，他于是受了启发，从事着浪漫运动。他也是以北方浪漫派的戏剧文艺始，又作着日尔曼神话学的工作的。他著有《北方神话》（Nordens Mythologi），其中包括关于斯诺里、萨克索、贝奥武夫（Beowulf）的译文。当他是一个青年的神学学者的时候，他为宗教的危机曾和当时的权威反目，他很情感地向一切启蒙派和不信教的人战斗着。因此，他写的《世界史手册》（Handbuch der

Weltgeschichte）就纯然是以积极的基督教的立场而动笔了。他对于整个斯堪的纳维亚的精神生活上影响极大，尤其因为他是丹麦高等民众学校（Volkshochschule）的建立者，那遗泽至今未替。有人称他为丹麦的喀莱尔（1795—1881）。

被证明是真正长于作歌的诗人是卡耳·克里斯显·巴格尔（Karl Christian Bagger），他生于1807年，卒于1846年。至于勃恩哈特·赛费令·因格曼（Bernhard Severin Ingemann），初期虽以情感丰富的抒情诗著名，但后来转到小说和戏剧。他生于1789年，卒于1862年。他十七岁时，入了哥本哈根大学。二十九岁时曾游意大利。他的抒情诗中，以带有鼓舞的爱国情绪论，压卷之作当推《丹麦国旗》（Danebrog）。他的小说是成功的，他的取径是英人斯科特（Walter Scott，1771—1832）的历史小说，代表作有《艾里克王》（Kong Erik）、《丹麦王子奥图》（Prins Otto of Danmark）、Valdemar den Store 等。他的戏剧却失败了，他作有《玛散尼娄》（Masaniello）。到了晚年，即六十三岁（1852）后，他又转而从事近代所谓时代的小说（Zeitroman），名著有《乡村之子》（Die Dorfkinder）等。他生前之受人尊敬，直有凌驾越伦施勒格尔之势。

至于这一个时候的戏剧不能不推约翰·路德维希·海贝格（Johann Ludwig Heiberg）为巨擘。他是彻头彻尾、有纯粹戏剧天才的人，在运用语言上，尤见技巧。他是我们已经提到过的颇喜欢政治性的攻击的培德·安德里亚斯·海贝格的儿子，生于1791年，卒于1860年。1800年（九岁）时，他父亲被放逐，居巴黎，他只好依母而居。他母亲也是一个有名的作家，开写实主义的先声。他在哥本哈根入大学，1817年（二十六岁）毕了业，因政府的资助，出游各地，在巴黎等处住了三年。后在德国基尔（Kiel）大学教授丹麦文。1825年（三十四岁），回哥本哈根。1847年（五十六岁）曾为国家剧院的监督，在1854年（六十三岁）时去职。他是霍尔堡后影响当时丹麦文坛最大的人。他初期的作品，掺杂南方的抒情成分于戏剧之中，更特别追随于那受了西班牙戏剧家卡耳德隆（Calderon）影响的浪漫派。他这一期的代表作有《艾耳费尔虚》（Elverhöj），这是浪漫的，也是爱国情绪的，一直到现在，仍有它的舞台效果。次一期，他走提克（Tieck）的文学喜剧的路。最后，他才找着了自己的真正使命，这就是做一个法国讽刺剧派的诗人（Vaudevilledichter）。这一个时期，他作的剧本非常之多。这些剧本都以情节的复杂紧凑，人物的个性生动，以及本地风光的浓厚见长，对于读者和观众，都有不可抗拒的魔力。举其要者，有《所罗门王与制帽者约根》（Kong Salomonog Jörgen Hattemager）、《四月愚人节》（Aprils narrene）、《玫瑰城故事》（Et Eventyr i Rosenborg Have）、《巴黎之舞》（De Danske i Paris）等。在这里，我们觉得霍尔堡之严重的道德性的喜剧乃又复活于轻快之中。海贝格不只是诗人，还是哲学家，他的哲学著作代表丹麦的黑格尔派。同时他也是勃兰兑斯以前的唯一的大批评家，从1826年（他三十五岁）到1871年（他死后十一年）间，丹麦文坛全为他的势力所支配。勃兰兑斯是1871年游历归国，正开始他的讲师生活的。

勃兰兑斯可说是恰恰接续海贝格而为丹麦文坛的指导者。二人的不同是，海贝格只评判文学的形式，勃兰兑斯则检讨着作家的使命。

　　高贵而清晰的悲剧家是豪克（J．C．Hauch），他生于1790年，卒于1872年。因为在文学上不得意，曾一度改习植物学。他初次出名的是一篇史诗性兼戏剧性的诗歌《哈玛德里亚顿》（Hamadryaden）。这毫无问题的，是浪漫派的产物，立刻得到普遍的赞赏。他作的悲剧则有《巴亚裁特》（Bajazet）、《提勃里乌斯》（Tiberius）、《格雷高尔第七》（Gregor VII）、《琴诺库伦之姊》（Die Schwester zu Kinnekullen），这些剧本在写人物上，都有严格的心理描写，并圆到的造型性。他写的历史小说也不坏，如《维耳海耳姆·查勃尔》（Wilhelm Zabern）、《金匠》（Die Goldmacher）、《一个波兰家庭》（Eine Polnische Familie），尤其是第一种，推为漂亮而可爱的大手笔，绝无愧色。自1851年，他继越伦施勒格尔为哥本哈根的美学教授。

　　十九世纪里的丹麦戏剧家，值得提及的还有三人：一是克里斯显·何维德·布雷达耳（Christian Hvid Bredahl），他生于1784年，卒于1860年，以著有Dramatiske Scener五卷得名，在其中颇有莎士比亚的气息弥漫着。一是亨里克·海尔慈（Henrik Hertz），他生于1797年，卒于1870年，他的戏剧是在霍尔堡的民族风格中所保持着的性格喜剧（Charakter lustspiele），以及浪漫的与民族的剧本。他的名著有《莱诺王之女》（Kong Renes Datter）、《尼囊》（Ninon）、Besöget i Kjobenhavn等，在德国也受着欢迎。他同时并是一个抒情诗人和教训诗的作者。一是霍斯特鲁普（J. Ch. Hostrup），他生于 1818 年，卒于 1892 年，著有 Samlede Skrifter Komedjer 等。只因为他是牧师，他那神学遂不许他写表现生之喜悦的喜剧。

第七节

代表岛屿地带之梦幻的敏感的大童话家安徒生

和丹麦大陆上的严峻、重实际相对照，代表丹麦岛屿部分之梦幻的敏感的特性的，是举世的儿童及成人所欢迎的大童话家安徒生（Hans Christian Andersen）。他是站在丹麦浪漫派的文学之顶点的人物，其影响的所自是德国的浪漫派小说家霍夫曼（Ernst Theodor Amadeus Hoffmann，1776—1822）。安徒生生于 1805 年，卒于 1875 年，差不多和中国曾国藩的时代相终始。

我们说他代表丹麦岛屿部分之梦幻的敏感的特性，因为他原来生在一个奥顿斯（Odense）小岛上。他的父亲是一个修鞋匠，当生他的时候才二十二岁，可是他母亲却还更年轻些。他父亲竭尽心力，想给他儿子以好的教育，可是一个鞋匠能有什么本领呢？于是就教他儿子读《天方夜谭》。本是想象力丰富的他，本是娇儿的他，由于《天方夜谭》的点燃，后来在童话方面表现了超绝的天才，这便一点也不足奇怪了。安徒生不但写童话，他自己的一生也就像一篇童话。你想，一个病弱、贫困、受人嘲笑的孩子，忽然成了全世界的名人，到了他七十岁生辰时，得到的礼品之一就是包括十五种语言的他的故事的译本，这不是像一篇童话么？说到他的性格，他是一个梦幻的、简直有点迷信的人物，可是他又有出人意料的喜欢随顺。他那可惊的幻想力，使全宇宙里没有一件不是生命之物，任何东西也可以讲话，任何东西也有人格。所以在他的童话里，无论花呵、影子呵、补衣服的针呵、先令呵、月亮呵、枞树呵、鸭子呵、古老的街灯呵，统统像活人一般。

在拿破仑战争的时候，他父亲死了，他这时十一岁。他的母亲不久也就再嫁。自此以后，他没有再入过学校，日与玩具木偶为伍。因为他喜欢把衣服给木偶人穿着，他家里的人便把他送到裁缝店里去当学徒。以后又把他送到制布厂。可是他从制布厂里逃回了，这时他已十四岁，虽然满心满意要当作家，但是还不能执笔。他要求他母亲许他到哥本哈根去，试一试运气。他母亲便请教了一位善于预言的老妇人。那老妇人却说很好，他母亲便只好答应了。那老妇人并且有这么几句话："令郎一定可以成为一个伟人，我们这奥顿斯小岛还可以沾沾光呢！"

安徒生到了首都哥本哈根，本来想进剧院，但人们都认为他是小疯子，而不肯收留。想做歌人，喉音又不合，于是改习跳舞，但后来也就厌了。这时音乐学院的导师西邦尼（Siboni）和诗人古耳德勃格（Guldburg）都先后和他做朋友，让他住，给他教育。在他十七岁时，出版了一本《帕耳纳陶克墓中之鬼》（The Ghost at Palnatokes Grave）。这时丹麦国王腓烈特六世也知道他了，许他免费入了斯拉格耳斯（Slagelse）学校，这位羞怯、拙劣而多情的小天才，渐渐被人承认是一个诗人了，可是他的倒霉时期并未完全过去，只是不如从前那么厉害而已。批评家对他尚无好感，这是因为当时的文坛依然为重视技巧的海贝格一派所左右，一直到勃兰兑斯出来，才承认了他的天才。到他二十八岁时，他很想到欧洲大陆去旅行，国王送了他一些旅费，使得他以到英国、意大利，并东方各地，旅行以后，却文笔大进。他除了印一些诗、戏剧和旅行随笔外，在他三十岁时并出版了一本小说《即兴诗人》（Der Impovisator）。从速一年（1835）起，开始写了很多童话。1840 年，他出版了《无画的画帖》（Bilderbuch ohne Bilder），即《月的话》，在 1844 年，他到丹麦王宫，受到年俸，这时他三十九岁了，《给儿童看的故事》（Tales for Children）、《天鹅》（The Wild Swans）和《冰姑娘》（Ice Maiden），印行于 1861 年与 1863 年。他的国人为表示崇敬起见，给他丹麦旗级（Dannebrog Order）的大十字勋章。这些情形，和他早年的穷困暗淡生活，恰可以成为对照。

安徒生的童话，卷数虽多，但决不单调雷同。其中有不同的心情和不同的创造。有的是夸大，有的是恐怖，有的是快乐，有的是被遗弃之感，也有的是说不出的温柔。他写寻常的物事，但置之于不寻常的安排之中。什么小妖的手，什么小锡兵，什么套鞋，什么引火匣，什么守夜人，说来都娓娓动听，让人一如神游于他读《天方夜谭》的童幻时代了！

这些童话太美，散文是那样紧凑，几乎每一行都表现作者是一个真正诗人！在整个世界文学中，所谓艺术童话（不是民间童话）的大作家，可说没有第二人。他这童话又不止是年幼无邪的儿童的恩物而已，就是已经失去了童幼的成人也读了爱不忍释。

他这童话的来源，可说统统是创造：——为他那爱好耽于幻想的人格所创造。只有很少数童话是有点模仿的影子，例如《丑小鸭》也许是普通人所常谈的《灰姑娘》（Cinderella）一类，《飞箱》（The Flying Trunk）和《旅伴》（The Travelling Companion）也许是得自东方，有点像法国童话家佩罗（Perrault）的《蓝胡子》（Bluebeard），但大多是无心。

当然，安徒生不只写童话，不过其他作品为他的童话之名所掩。但他的戏剧却不算成功，例如他想从犹太人的有力传说里施以戏剧化，这就成了他的《阿斯费鲁斯》（Ahasverus），然而力不从心。比较戏剧好的是小说，《O·T》一篇里把丹麦国人的风俗人情写得很生动；《即兴诗人》虽然缺少那作为背景的意大利的地方色彩，但心理的描写上仍极为出色；《只是一个提琴手》（Nurein Geiger）却弱一点。他的诗则是轻柔而偏于内在的，也自成一格。其实，他童话的贡献已经很够人感谢了，我们又何必再奢求？

第八节

后期浪漫派

现在说到较为晚近的后期浪漫派人物了，其中的诗歌与小说的作家，当首推温特尔（Christian Wither），他生于 1796 年，卒于 1876 年。他在十九岁入哥本哈根大学，在四十七岁时才知道恋爱，五十岁后才结婚，晚年以住在巴黎的时间为多，最后也死于该地。他写丹麦的本地风光，最为清丽可诵。被人称为"一切丹麦诗人中之最具丹麦性者"（der dänischste aller dänischen Dichter）。其次是霍耳斯特（H. P. Holst）。他生于 1811 年，卒于 1893 年，著有《漫游诗人》（Udvalgte Digte）。

还有帕鲁但 - 米勒（Frederik Paludan-Müller），他生于 1809 年，卒于 1876 年。他的才能是多方面的，他是抒情诗人，又是剧作家，他的剧本有《宫廷之爱》(Die Liebe am Hofe)，《爱神及其情人》(Amor und Psyche)。他又擅长韵文和散文的叙事文学。他所作的幽默而讽刺的史诗《亚当·霍谟》（Adam Homo），是那一时代中之最著名的思想文艺。这作品自 1841 年(三十二岁)作起，至 1848 年(三十九岁）才完成。这书的内容是对于信仰理想之不断的幻灭，所以他首先把那英雄的墓志铭写下了：

这里躺下了亚当·霍谟，一致共认为柔弱的心灵，

男爵，枢密顾问官，带着白带子的骑兵。

　　这可以说是全书的主旨，但也就是全书的弱点所在。这是因为那个充满理想的英雄，并没有结束他的生命于悲剧之中，最后却成了一个可笑的人物；其余的部分也写得阴森，而有一种不满足的空虚。《亚当·霍谟》无疑是抄袭拜伦的《唐·璜》（Don Juan）的，其中既没有丹麦的特色，也没有帕鲁但 - 米勒本人的特性，它不过只想用锐利和技巧把一种当代的材料兴奋而有力地反映出来，以见这一世纪的人之失掉理想后的贫弱无力并常常陷于苦痛而已。和《亚当·霍谟》正相反的，是他写的一篇理想剧，叙述一个印度的苦修僧人可兰奴斯（Kalanus），这位僧人因为忠于自己的信仰，把那征服世界的亚历山大都贬在脚下了！

　　长于写自然景物的有布利高（Steen Steensen Blicher），他生于 1782 年，卒于 1848 年。他比安徒生大二十三岁。他和当时的唯美派理论颇不相容，在这浪漫主义盛行的时候，他已成为近代写实主义的先驱了。他原是在内地的一个乡村做牧师，所以写农民生活和牧师生活很出色。他著有 Digte Sneklokken，以及用日德兰半岛（Jutland）的口语所写的《宾德斯陶夫》（E. Bindstouw）等。他写的《凡尔培的牧师》，说一个牧师被当地的流氓所陷害，判了杀人罪，他的子女因悲痛死去，那个法官也失掉了生活的兴趣，后来

却发现那被杀的人没有死，经过了二十一年，才因良心责难死掉了。这很可以见出他所擅长的题材。

以诗的美丽形式见长者有阿雷斯特鲁普（Emil Aarestrup），他生于 1800 年，卒于 1856 年。

浪漫派的哲学家索伦·阿柏·克尔凯郭尔（Sören Aabye Kierkegaard）也是我们所不能忘却的，他生于 1813 年，卒于 1855 年。他是世界上最伟大的宗教哲学家之一，他的声誉与影响远超乎丹麦本国。他主张主观即真理。他的健康是不好的，他又有遗传的忧郁性及宗教的沉思，于是使他早年有着一种不可调和的美学与伦理的冲突，这见之于他著的 Enteneller, Stadier Paa Livets Vej。在内心的冲突之后，他遂又有一种可怕的自我控诉之苦，因而著 Skyldig-Ikke Skyldig。最后，他找到他的敌对之物，这就是官方的基督教，他觉得他应该用全力去斗争，于是著《瞬间》（Ögeblikket）。他认为官方的基督教只是"一种对于神圣的亵渎游戏"而已。但他多病的身体，终于把他这苦闷的精神斗争结束了，他死时不过四十有二！

第九节

写实主义之起来与大批评家勃兰兑斯

　　写实主义的最初期的伟大代表作家都是挪威人，我们在以后将要提到。他们虽然也用丹麦文字写作，但是丹麦本国在这时却没有与之并肩的人物。

　　丹麦在精神生活上的转换点是 1864 年。在这一年，所有那斯堪的纳维亚的浪漫的夸大狂，一律在现实的铁手之下粉碎了。因为在这一年普奥联合攻丹麦，不过几个月丹麦就败了，割了两省的地方。这时唯一对浪漫派还留恋的人物只有抒情诗人普劳格 (Ploug)，他生于 1813 年，卒于 1894 年。此外都接受了新思潮。所谓新思潮是包括那已经有着的一种自由运动，那对于北方日尔曼的英雄理想之唾弃，以及由于恨德国便又转而走入法国的精神生活的线索等。

　　领导这种转变的，是两个犹太种的文人，一是默尔·高耳德施密特 (Meir Goldschmidt)，一是大批评家格奥尔格·莫里斯·冠痕·勃兰兑斯 (Georg Morris Cohen Brandes)。

　　高耳德施密特生于 1819 年，卒于 1887 年。在形式上，他还是浪漫派，可是他的技巧之笔已奉献给了启蒙的自由运动。他是战斗性的报纸 Corsaren 的新闻记者，同时也是小说《一个犹太人》(En Jöde) 的作者。但他最出色的还是他的小品集《叙述与描写》

（Erzälbngen und Schilderungen）。

高耳德施密特在当时是很孤立的，他只在犹太人的队伍中有一些地位，这些犹太人和异教徒却老死不相往来。他的聪明才力也许不及那长于写自然景物的布利高，可是也具有相当的魔力。他出头的时候，批评界还没注意到写实主义呢。

他写的一篇《亚伏洛姆契·奈丁甘尔》，是说一个老犹太人为爱情自缢，被解救了，但终又去缢死了的故事。这个老犹太人就是亚伏洛姆契。他父亲是一个大规模的羊毛同皮革业的商人，很希望他的儿子能继承他的事业，但他的儿子却耽于音乐和唱歌。由于这种龃龉，他父亲骂他："离开我的家！你的戏院热总有一天要使你去找钉子上吊的。你是废物，在这世界上你做不出什么好事来了，快滚吧！"这伤了他的心，但终于做了戏票推销员。他的自杀，是由于他将近五十岁了，爱上苏司夫人的一个十九岁的女仆，他猜想那女仆以与犹太人结婚为耻，所以回绝他，于是自缢。书中写自杀一段，最为精彩：他起初还在和生的意志挣扎，也不知道如何去死，可是想起他那已死的父亲所说的钉子了，旧外套又挂在上面，像一个同类的朋友，他就扑上前去，而套进布带里去了。这一次却为人救下。此后苏司夫人想把她从前所已经提到过然而问题搁置了二十年的女儿嫁给他，这女儿遂向他诉说二十年前所犯的一桩罪恶，就是爱上一个非犹太人的军官，以求他的饶恕。他听了，又触动了他的伤痕，于是再去自缢，故事便结束了。这其中有民族的痛苦在！同时也道出了高耳德施密特本人的孤寂的秘密。

那举世闻名的大批评家勃兰兑斯也和高耳德施密特一样，是一个犹太人。他生于 1842 年，卒于 1927 年，享了八十五岁的高龄，真正能够正视当时的情势而加以转变的人就是勃兰兑斯。帕鲁但 - 米勒和克尔凯郭尔虽然也作过非浪漫主义的梦想，但毕竟是勃兰兑斯的反对人物。勃兰兑斯为促进国人的观念之改变起见，遂大量地介绍欧洲整个文坛上有地位的作家，用无数的美妙散文，鼓舞地描写着。此中最有价值的成绩，自然便是他那《十九世纪之文学主流》（Hövedströmninger i det 19de Aarhundredes Litteratur）。不可否认的是，他为达到他的目的起见，所叙述的现象便不免有意适合他的目的。但无论如何，这是一部可惊的天才的浩瀚著作，其中有中肯的批评，有渊博的学识，就是它的方法也是杰出的精神史并形态学的。他所见者极大，也极细，文笔之优美，可说不让于任何诗或上流的小说。我们时刻可以感到，他的书有一种专家所熟悉的方法，就像一个名医知道如何按脉，一个名植物学家知道如何排列他的标本似的。

为使大家对于这个重要的人物更熟悉些，下面略述他的生平。他降生的日子是 1842 年的 2 月 4 日，地方是丹麦首都哥本哈根。父母全是犹太人。犹太人在当时很受压迫。当勃兰兑斯幼小的时候，就时常听见人家讥讽犹太人脏。他为好奇，曾问他母亲犹太人到底什么样？他母亲便把他抱在镜子跟前，向镜子里一指说：这就是犹太人！他大声哭了，这印象对他十分深。他后来之所以成了一个反抗的、好斗争的人物，和他之身为受压迫的犹太人不无关系。

在他十七岁的时候（1859），入了哥本哈根大学；初习法律，不久又转入哲学，特别注意的是美学。他在校时，哲学方面，很受了克尔凯郭尔的感印；在批评方面，很得了约翰·路德维希·海贝格的启发，黑格尔的哲学与斯宾诺莎的泛神论更吸引着他。在他二十岁（1862），写了一篇《古代人的复仇思想》，因而获得金字奖章。他在二十二岁（1864），大学毕了业。其实他的写作生活，却开始得还早。在他十六岁时，已经写诗，不过没有结集而已。

当时丹麦的文化界极为保守固陋，认为哲学是神学的奴婢，而美学成了道德的工具。勃兰兑斯对这极有反感，他每每惊异丹麦与北欧精神界的惰性，于是担起唤醒国民自觉与奋斗的使命来。他因而在 1866 年，他二十四岁时，作《我国最近之哲学二元论》，这可以说是他的批评工作的开始，这篇文字业已显示他日后作为论战的勇士的面目，而且表现着对于人生之热烈的态度。在这期间，他还介绍了美国神学者帕克（Theodor Parker）的自由思想。他这时的美学思想，尚不出黑格尔与海贝格的藩篱；稍后，才接受了圣·勃甫。

自 1866 年，他开始漫游欧洲大陆以后，思想上入了第二期。他先到了巴黎，认识了久已倾慕的大批评家泰恩。他曾说："泰恩对我恰是德国那种抽象的哲学与玄学的消毒剂。我真正的才能久已被丹麦那种德国式的教育所封闭了，现在又由泰恩得以启封。"勃兰兑斯批评中之带有唯物论的色彩，可说全由泰恩的启发。他在 1870 年（二十八岁）著《现代法国美学》，就是阐述泰恩的批评原理的。他在游巴黎之后，又曾到过柏林、伦敦、罗马。当他重游巴黎时，又遇到了英国的约翰·米勒（John Stuart Mill），他之译米勒的《妇女论》，当在此时。他于1871年归国。

归国后，即在哥本哈根大学担任讲师。开始演讲的，就是他后来的名著《十九世纪之文学主流》。这演讲，在丹麦可说是空前的。他所用的是比较研究的新方法，他的目的，是在借讲外国以唤醒国人，作为新文学发展的借镜。只因为他的立场是批评的，是反沙龙文学的，是从社会和人生的见地出发的，所以当时丹麦一切正统教会的信仰者，反对自由思想的人，盲目的排外之士，便都不舒服了。加之以他那思想之偏于过激，态度之大胆，愈惹起舆论的沸腾。不但本国的教会反对他，新闻纸反对他，甚而这余波还传染到挪威去。这时唯一认识他的价值的是八十一岁的老诗人霍葛，曾在临终的病床上为他写辩护文，但哥本哈根所有的报纸竟一律拒绝发表。外面的空气如此，大学里对他也何尝好？1872年，霍葛既死，大学里的美学教授的位子空出来了，论说勃兰兑斯是再合适也没有的，但因为他思想的急进，主张无神论，且又是犹太人，所以并不请他，虽然也没有其他人敢于担任这个位子。在争执之中，他把他的《十九世纪之文学主流》陆续写就了，从1872到1875年先印行了头四册。这时是他三十岁到三十三岁的时候，正是富有精力的壮年，所以那书也那样充实而精彩。这书不久就有了德、俄各国的好评。

他在哥本哈根住了六年，到了1877年，他三十五岁了，因思想之故，为大学辞退，遂又第二次出国，这次是到了柏林。在柏林一住是七年，专心于德国文学的研究，并用德文写了不少著作。

因为政治见地不容于柏林，遂在 1883 年，四十一岁时，二次返国，住在哥本哈根。这次一直住了下去，过了他大半生的著述生涯。

他的著作以评传式的论文为最多，几乎触及世界上各种伟大的人物：1877 年（三十五岁）著《克尔凯郭尔》（Sören Kirkegaard）；1878 年（三十六岁）著《泰格诺》（Esaias Tegnér）、《地斯莱里》（Benjamin Disraeli）；1884 年（四十二岁）著《路德维希·霍尔堡》；1898 年（五十六岁）著《凯撒》；1899 年（五十七岁）著《易卜生》；1905 年（六十三岁）著《法朗士》；1911 年（六十九岁）著《卡雷耳》（Armand Carrel）；1915 年（七十三岁）著《歌德》；1916 年（七十四岁）著《伏尔泰》；1917 年（七十五岁）著《拿破仑与加里波的》。此外，他还论及了《尼采》，甚而论到了中国的辜鸿铭。他的眼光可说烛照了全世界，正如他的声誉是国际的。更难得的，是他和当代的大文人都有友谊，有的认识，有的通讯。有人说他脑子里装了半世纪以上的欧洲文化史，这并不是过言。

但他并非忽略本国及斯堪的纳维亚半岛上的邻国。发现安徒生的质朴文格的是他，宣扬易卜生的也是他。他在 1887 年（四十五岁）时所作的《丹麦诗人》，中间论及霍葛、温诗尔、帕鲁但 - 米勒等。他在 1883 年（四十一岁）时所作的《现代转换期之人物》（Men of the Modern Transition），及 1889 年（四十七岁）时所作的《论文集》（Essays），便都是论及斯堪的纳维亚的。

在这些作品之外，他又写述《莎士比亚的研究》以及波兰、俄国、法国的印象记等。在 1900 年时，他曾编过一次集子，发行过普及版，一共是十八册。著作之外，他还担任过德译《易卜生全集》与《文学丛书》（Die Literatur）的编辑人。

在 1927 年 2 月 19 日的下午九时，这位支配斯堪的纳维亚文坛有半世纪以上的大批评家便逝世了！

第十节

勃兰兑斯的追随者（上）

——商道尔夫，夏考白逊，德拉哈曼

自从勃兰兑斯开始他的批评工作以后，丹麦文坛可以包括在对于勃兰兑斯的追随和反对里。

勃兰兑斯所反对的，是嫌丹麦文学太死了，太偏于技巧，太远于人生了，于是要求文学一定与人生切合起来。他主张文学必须大胆地表现社会上的实际问题，文学尽管可以有热情和技巧，甚而出诸想象，但必须有时代的科学的精神，也就是须根据客观的观察而后可。他的主张也可归纳为两个口号，一是文学应该征集各种讨论的问题；一是文学应该为人生的横断面。再简言之，他所倡导的，

便是一种写实主义。

说到这个写实主义运动，我们就不能不提到勃兰兑斯的弟弟艾德瓦尔德·勃兰兑斯（Eduard Brandes）了，他生于 1847 年，是那个极有力量的日报《政治家》（Politiken）的主编，但也写小说，名著是 Det unge Blod。他的小说中有一种冷讽，是和当时的卫道之士颇有冲突的。此外他还写了两部有名的剧本。可惜的是，他的名字为他哥哥的大名所掩，所以便很少人注意了。

我们固然说勃兰兑斯兄弟倡导了写实主义，但我们也可以说这乃是一种近代为丹麦所独有的写实主义之重光。这是因为丹麦的写实主义之初次出现，是远在他们之前。海贝格的母亲，即吉勒姆保尔格太太（Frau Gyllembourg）已经在她的杂志《传邮》（Der Fliegende Bote）上，以《日常小说》（Alltagsnovellen）的标题，描写着哥本哈根的风土人情了。这位老太太生于 1773 年，卒于 1856 年。她死的时候八十三岁了，勃兰兑斯却才十四岁。继之者有安德里亚斯·尼考莱·得·圣·奥宾（Andreas Nicolai de Saint Aubin），也在这杂志上写着类似的作品，当时用的笔名却是卡尔·勃恩哈尔特（Carl Bernhard）。中间隔了一些时候，后来又有一个叫维耳海耳姆·陶普徐（Vilhelm Topsöe）的，生于 1840 年，以形式完整的哀歌式的小说才把丹麦的文学转到新方向上来。他的代表作是 Jason med det gyldne Skind，Nutidsbilleder 等。由于陶普徐，就又把写实主义的线索继续起来了。

勃兰兑斯就是继续维耳海耳姆·陶普徐的一大群作家的代言人，

并领导者。这一群作家也很意识到，同时又受了左拉的影响。

现在正式说到这些写实主义的大作家了：一个是扫抚斯·商道尔夫（Sophus Schandorph），他生于1836年，卒于1901年。他本来也是浪漫派的，但在他写丹麦的小城市生活中，却以幽默与逼真表现了他的写实才能的优异。他那 Novelletter, Det gamle Apothek，都是这方面的代表作。他的《缺少中心》（Uden Midpunkt），作于1878年，年四十二岁，其中已有俄国作家屠格涅夫的影响在。他最惯好讥讽的是专门职业者，尤其是牧师。对于工人生活，很具同情，写乡间农民和城市里中下阶级，尤为出色。他写的《斯得纳做了农民的妻》，说一个乡下姑娘斯得纳有一次赶路，和农民潘·拉生同一个马车，因而结了婚的事。其中写到他俩起初并没有话说，斯得纳简直好像给那个农民以呵责，可是她却给他夹着熏腊肠的小麦面包的一半吃，然而仍没有话讲；农民又找出酒来请她喝，起头扯扯身子表示拒绝，最后喝了一口，却又以怨尤表示谢意，这都是真正的男女农民。这爱苗果然在斯得纳心里发芽了，她再和她那以前所非正式结婚而生的八岁小女会面时，唱歌没有间断，两眼一直前视，时常吻那小女孩，当母女两个人的视线相遇了，那小女孩便哭了。在这里，心理是刻画得多么细微！

然而商道尔夫所没能达到的水准，却由一个较他年轻，却又先他而死的作家担承了去。这就是夏考白逊（Jens Peter Jacobsen），他生于1847年，小商道尔夫十一岁，死于1885年，只有着三十八岁的年寿。

他父亲是一个有财富的商人；他入大学的那年是二十一岁（1868）。他虽然在二十三岁时颇喜作诗，但他以为对植物学特别有才能，想以研究植物终其生。在当时，达尔文的学说还很新奇，把《物种起源》及《人类起源》译给丹麦人读的便是他。只因为1872年的秋天（二十五岁），他在奥德鲁普（Ordrup）附近的池沼采集植物时得了肺病，他才转向到文学的园地上来，次年的春天，他遇见勃兰兑斯，很受他的感发，于是写了他那大历史小说《玛利·格鲁伯》（Marie Grubbe）。这是写一个十六世纪的妇人的故事，她为许多求婚者所包围而苦恼，一直到她社会上的地位降落了，才恢复了自由自在的生活。夏考白逊用了他那精密的科学的观察，写着他那刚愎自用的女主人公的性格。在以前的作家，总以为女性都是优柔寡断的，以为这就是女性的魔力与美德所在了。夏考白逊则不然，他认为女性也和男性同样的复杂，外面看起来之所以好像整齐划一者，不过是社会上暴力造成的结果而已。他在《玛利·格鲁伯》中，就是要剥掉社会上种种习俗的阶级的外衣，而窥察一种原始的妇女本性的。他所写的，乃是一种高贵的女性的本质。他写这本书时，那种当真的态度，不下于福楼拜，每每为寻求一字一句而思索竟日。他写了以后，也没预备马上印刷，一直隔了三年，他二十九岁（1876）了，才出版。

1879年，他三十二岁了，因为病倒，写作中断。次年病况稍佳，他完成了他第二部名著《尼耳斯·林诺》（Niels Lyne）。《玛利·格鲁伯》和《尼耳斯·林诺》，就是他仅有的两部小说了，其他都是短篇。《尼耳斯·林诺》是写一个本性很健全、很良善的梦想者，同时也是得不到人生指标的怀疑主义者。这部书可说是提供一种社会问题的书。那主人公的典型，不久也为许多作家所模仿。这部书在十九世纪之末，几乎是全欧洲最受欢迎的书之一。当时有"无神论者的圣经"（Bibel des Atheismus）之称。但它并不像法国或德国的自然主义者以暴露赤裸的现实为已足，却是用尽了技巧，由达尔文主义的观点，把它那主人公的生活之各种浓淡的阴影完全描绘而出，简直使人觉得丹麦文字有不能胜任之势了。

他的短篇是包括在 1882 年所出版的《莫根斯》（Mogens）里。《莫根斯》是第一篇之名，遂取作了集名。全书一共六个短篇，大都是较早之作。他的短篇也很精彩，例如他的《芳斯夫人》吧，是一个寡妇再嫁的故事。芳斯夫人重又遇到她未嫁时的情人，他们重又恋爱。她的子女却对此极有反感，母子之情立刻破裂了："青年的自私与天真的冷酷，反映在他们一切所说的话里了——唯有我们有爱的权利；生命是我们的；你的生命是义务，为我们而存在！"当她的儿子还想要挽回时，也只得到一个"不"字的回答。那书里写："这个不字使他（她的儿子）的心变强硬，也使他的心变冷酷，一种冷酷就使他恐怖，因为伴着冷酷而来的是一种可怕的空虚！"后来这位母亲真的出嫁了，给她子女的信便都被退回。过了五年，她就因病而死了。这故事便告终。深刻而入微的写实主义的手法全表现在这里了。

夏考白逊在散文风格方面的优异，简直成了丹麦与挪威的作家范本。无怪乎勃兰兑斯说："在他以前，北方文学中，可说从没有像他那样地用语言文字绘成图画的！"他的抒情诗也不坏，数量虽少，但一句一行都是珠玉；他的《伊兰麦林玫瑰》（Irmelin Rose），尤可称为丹麦抒情诗中的至宝。

他的主要思想是一种科学思想，他的两大原则是：自然法则是万能的，科学真理是神圣的。他反对超自然的谬见，他认为非打破这层魔障不足以获得真正的人格。《尼耳斯·林诺》中的海尔里耳德（Hjerrild）说："人们如何能盲信上帝是不存在的呢？不过没有盲信，就没有胜利！"他之欣赏自然，也不在那些灵异，正如《莫根斯》中的主人公所说："在欣赏物体的形状和色彩，从花木中透露上来的液汁，以及使得果物滋长的雨和太阳。"这纯然是自然科学家的本色。但也许这种思想对他有一点损害，因为否则也许他的抒情天才还可以另有一番发展呢。说真的，我们在夏考白逊的作品里，很少感到温暖，北方秋杀之气是太浓厚了！

1885年的四月，夏考白逊死了，不过三十八岁，次年，他的遗著全部出版。

那被勃兰兑斯称为丹麦自然主义文学正宗的斯克拉姆（Erik Skram）也活跃于此时，他生于1847年，和夏考白逊同年。他以精致的描写与触及时代的妇女问题为人所称。他著有《格尔特鲁德·考耳德边逊》（Gertrude Coldbjörnsen）、《阿格诺斯·维特鲁普》（Agnes Vittrup）等。

勃兰兑斯兄弟二人虽然站在自由的实用主义的观点，把抒情诗忽略了，可是他们这一派并不缺乏抒情诗人。德拉哈曼（Holger Drachmann）就是其中最杰出的一个。德拉哈曼生于 1846 年，卒于 1908 年。他在十九岁时入了大学，但在次年就转进了美术学校，自二十岁到二十四岁，都是想做海洋画家的时候，可是结果一无所成。后来因为受了勃兰兑斯的感发，才对于文学有了兴味。但仍放不下画笔。他曾旅行于英伦、苏格兰、法兰西、西班牙、意大利各地，其所发表于各报纸的旅行通讯，便是他的文学生涯的开始。1872 年（二十六岁），他出版了他早年的诗集（Digte）。这时他虽和勃兰兑斯一派的人相往来，但仍未决定当文人还是当画家。1875 年（二十九岁），著抒情诗 Daempede Melodier，证明了他有着文学的天才，此后便很写了一些韵丈或散文的创作。1876 年出版《青春之血》，这是以现代生活为写照的。1877 年（三十一岁），他出版书籍最多，有《海之歌》、《威尼斯》和《冲过前哨》，前二者回到了他本来的庄严的风格，后者则是战场上的印象记。以后几年，他又在各地旅行，以海程居多。他虽然做一个海洋画家没成功，但却是一个稀有的描写海上生活的文人了。1878 年出版他的短篇小说集《水手的信仰与荣誉》。1879 年，出版《藤与玫瑰》抒情歌集。他的艺术进步了，他遂不能受勃兰兑斯一派的思想之束缚，乃变为一种保守的爱国的集团之首领。他究竟不是哲学家，对于问题的讨论不感到兴趣，尤其当他恢复了诗人的本性的时候，便更觉得文学应该超时代，应该在永久价值上吸取灵感，也就无所谓新旧了。在这些地方，是和夏考白逊十分不同的。他虽出身上流阶级，对下层人却深具同情，起初对社会革命也颇有信心，只是晚年才又归到爱国主义。他以激烈的革命抒情诗人始，却以道德上的无政府主义者终。因为他过的是一种流浪的生活之故，所以在他的作品里，也今天是写美，写高贵，写海，写刀，那是五光十色的中世纪，明天却就又写醇酒，写各式各样的当代歌女了。他也颇写了一些童话文艺，并在小说与戏剧中表现一种市民性的理想。1885 年（三十九岁）他的浪漫剧 Der var en Gang 上演，颇成功。1887 年（四十一岁），著小说 Med den brede Pensel，1890 年著小说 Forksvet，其中都有些自传性。1897 年（五十一岁），他又写有悲剧 Völund Smed 及 Brav-karl，这奠定了他戏剧上的地位。1899 年（五十三岁）自传 Den Hellige Ild 出版。卒年六十二岁。

勃兰兑斯把丹麦人的眼光扩大到世界上来，德拉哈曼又把丹麦人的精神重回到故国。但这是指德拉哈曼晚年而言，德拉哈曼在早年却总算是笼罩在勃兰兑斯的藩篱之中的。德拉哈曼之写渔人生活，的确可爱，他写的《教堂中的船》的一短篇小说，说一个青年牧师看到渔人放在教堂里的船，全夜所预备的说教到时候全都语无伦次，动不动就牵涉到船上了，这其中有一种对海上生活的歆羡并海上生活的诱惑性，同时又说明宗教之不胜生活本身的兴趣，这种异教徒的浪漫的情调，是使人读了历久不能忘的。

勃兰兑斯派的抒情诗人还有瓦耳德玛尔·吕尔达姆（Valdmar Rördam），他生于 1872 年，以写爱国诗著。1864 年所爆发的普鲁士丹麦战争，他后来都歌咏在诗里，很为一些丹麦人所传诵着。

第十一节

勃兰兑斯的追随者（下）
——该莱鲁普，邦格，庞陶皮丹

　　商道尔夫、夏考白逊、德拉哈曼诸人都是勃兰兑斯刚在哥本哈根露头角时加入勃兰兑斯一派的，他们加入时，也都很年轻。至于在后来又加入他们的队伍的则有卡尔·该莱鲁普（Karl Gjellerup），海尔曼·邦格（Hermann Bang），亨利克·庞陶皮丹（Henrik Pontoppidan）等。

　　该莱鲁普生于 1857 年，卒于 1919 年。他起初颇倾向勃兰兑斯那种自由的并代表时代的"倾向文学"（Ten enzenpoesie），主要原因是他那时对宗教也有着反感。他也曾研究过神学，但后来变为一个无神论者，研究起生物学来了。他之后来反对勃兰兑斯，其激烈的程度也和他从前崇拜勃兰兑斯差不多。大概他是一个多变的、热情的人物。最后，竟由伦理的意识，拒绝自然主义的恋爱观，又转而入于佛教的自我牺牲思想了。1917 年，他曾和庞陶皮丹共同得过诺贝尔文学奖金。这时他五十岁。因为他在德国很住了些时，专注意德国的文化生活了，对本国文坛的情势，竟有些隔膜。他放弃了自然主义以后，代表他的新理想主义的作品，有戏剧《布伦希耳德》（Brynhild），有《塔米里斯》（Thamyris）。表现他对于佛教的皈依的则有小说《进香者喀曼尼塔》(Der Pilger Kamanita)、《世界浪游者》(Die Weltwanderer)。此外，《条顿人的教训》，亦号称杰作。

和该莱鲁普同年生（1857）的邦格，卒于 1912 年。他是纯正的自然主义派并意识世纪末的感觉的人。在他二十岁时，出版过两本关于写实主义运动的评论。1880 年，他二十三岁，写了他那马上成名的小说《无望的家族》(Haablose Slaegter)。在这部书里，他确守了写实主义者的中立的立场，以精密的观察而写着一个显赫的家庭之没落。后来他旅行挪威、瑞典各地，出了不少长篇短篇的小说。他的小说《路旁》(Near the Road)，写一个丹麦妇人，爱神曾经进来叩过一次门，却又忧愁地把门闭上了。材料是平凡的，但一经过他那深刻细腻的手腕，却立刻化腐朽为神奇。因此人们对他有福楼拜或莫泊桑之称。在 1889 年（三十二岁），他著有《廷诺》(Tine) 一小说，是写 1864 年普鲁士丹麦之战中，一个军官在炮火的中断里，疲倦地走到一个近村，而把一个天真而美丽的少女蹂躏了。其宿命论和厌世主义，都是自然主义派的本色。

邦格和该莱鲁普有一点不同，这就是他没有该莱鲁普那样激动，性格上比较敏感而忧郁，和夏考白逊比，他更没有夏考白逊那样冷酷地正视现实的勇气，他所感到的只是人类的痛苦和失望而已。在反对宣扬恋爱一点上，他又和该莱鲁普有相似处，他认为这只是新科学和反抗传统的自由思想的产物，原值不得赞美，却只有悲悯罢了。他写的《伊伦·荷儿》，说一个舞女在学校里就被跳舞教师奚落，后来得不到在公众里跳独舞的表演机会，因而教着几个儿童跳舞。这样一直到教儿童的课业结束了，在一个欢送会上，才有人提议请她跳独舞，然而这只是开她的玩笑而已，却只有几个知己的人同情她，知道这是一幕悲剧。后来她从这个地方走了，又继续到别的镇上教另一些孩子们。这可以代表他对于灰色的人生的观感。其中写这个舞女在那欢送会上听了一段赞美演说以后，她毫不了解这场演说，可是非常得意，高高地举起酒杯来回敬他们；因用力过度，香粉在热气中消逝了，她的两颊现出红黑色的雀斑。这种描写极其刻画，有着造型的优长。

邦格是易卜生的朋友，也是挪威作家约纳斯·李（Jonas Lauritz Edemil Lie）的赞美者。他自己也承认受约纳斯·李的影响，在他那观察之锐敏上，在印象主义的表现手法上，的确与约纳斯·李相近，然而他缺少那种热情和响亮的音调，他的幽默之中含有讽嘲，他的怜悯之中带着轻蔑。

1912 年，他五十五岁，旅行到了美国，却就在这一年突然死去了。

很奇怪地，庞陶皮丹也生于 1857 年。但他比该莱鲁普和邦格都活得长久些，死时是 1926 年，享寿六十九。他在大学中初习的是物理和算学。十八岁时，曾经步行游历了德国和瑞士。他早年的作品，有受挪威作家凯兰德（Kjelland）的影响的痕迹。他有名的三部大作是《大地》（Muld），作于 1891 年，时年三十四；《乐土》（Det Forjaettede Land），作于 1892 年；Dommes Dag，作于 1895 年。1898 年，他四十一岁了，开始作长篇小说《里克·派尔》

（Lykke Per），这是写 1870 到 1880 年的急进运动，称为他的代表作。以后又写了《死人之国》（The Kingdom of the Dead）和《人的意志》等。

庞陶皮丹是个彻头彻尾的悲观主义者，但也是一个勇猛的战士。他的一切小说中几乎都写着幻灭的悲感。例如《乐土》中所写的那牧师，他尽力要模仿基督的生活方式，可是结果失败了，只获得一种宗教狂。又如《里克·派尔》就是写一个青年经历了许多职业，为寻求一己之幸福，但终归徒劳。

为什么又说他是一个勇猛的战士呢？因为他敢于和一切谎言，一切传统，一切堕落作殊死战。他不信宗教上或政治上的漂亮说教，却认为斗争和憎恶也一样对社会的进化上有着助益。

他极同情于下层人士。他觉得生命的真正力量反倒在他们身上。《死人之国》中所写那个卸职的牧师，就是这种人物。

他的风格明晰而冷静，有人说把他的作品混入屠格涅夫（1818—1883）的集子中而无愧色。他始终能维持写实主义的阵地，当那在十七世纪和十八世纪露头角的丹麦作家都凋谢了，他却从不为十九世纪所起的新潮流所左右。在他的短篇小说《皇家之客》里，说一个乡下的青年医生，在忏悔节突然有一个陌生的音乐家来拜访，这个音乐家本来很不为青年医生的夫人所欢迎，但听过他的音乐以后，却在无意之中而对他有一种好感。夫妇之间并没出什么岔，音乐家当天走了，也没再来，而且始终没留过他的姓名，然而这个医生的夫人在以后便常练习那个音乐家所奏过的曲子，而且枕头上盖着当那个音乐家在拜访的那一天所曾带来的黄色的蔷薇叶。这个家庭里因此就骚乱而不安了，作者说这是人生的疾痛，不，乃是人生本身。原来生活本有它的疲倦，疲倦时这种疾痛就进来了。在那对青年医生夫妇相亲密的生活中，那位夫人已经说过，她觉得自己在家里就像做客似的。女子也特别有一种为男子所不了解的多余的情感，例如这位太太就对那个陌生客有一种隐秘的留恋，和一点渺小的邪念。但由于这邪念，却也常使女子的爱情保持新鲜。这一个短篇，颇可见庞陶皮丹对人生了解的深刻和描写的手腕之高明的一斑。

他在 1917 年，和该莱鲁普同获诺贝尔文学奖金，这更使他的国际地位奠定了。

此外可提及的作家有南逊（Peter Nansen），他生于 1861 年，卒于 1917 年，是近代文笔很优秀的作家之一，长于写波希米的都市生活，代表作有《玛利亚》。卡耳·艾瓦耳德（Carl Ewald），生于 1856 年，卒于 1908 年，他的小说 En Udveg, Fru Johanne 都是讨论性爱的，他的《童话》七卷则承继了安徒生的遗产。魏特（Gustas Wied）生于 1858 年，卒于 1914 年，他是和奥国施尼慈勒（Arther Sehnitzler）、德国魏德肯特（Frank Wedekind）并称的作家，同以写两性间的纠纷见长；他的滑稽，有似乎英国的狄更斯（1812—1870），但却含了讽刺，魏特的代表作是《二二得五》（2×2=5）。他讽刺的并不是社会上表面的愚蠢，却是那背后支配着的、连自己也不能跳出的精神束缚。由于这种绝望的想法，这个深思的诗人，最后便在五十六岁时自杀了。布鲁恩（Laurids Bruun）生于 1864 年，他的代表作是《永恒》（The Eternal），写的是近代社会的冲突。

第十二节

近来的丹麦文坛

——对勃兰兑斯之反动

在勃兰兑斯所笼罩的作家中，像商道耳夫、德拉哈曼、该莱鲁普等，本已含有反抗勃兰兑斯的成分，到了十九世纪之末，因为新浪漫主义和象征主义的兴起，这反抗的阵营便成立了。

勃兰兑斯所倡导的，可说一是自然主义，其缺点就是轻视了抒情的价值；一是国际思想，其缺点便是忽略了本国。勃兰兑斯不但太把国人引向欧洲大陆上去，因而为爱国主义者所不满，而且以对于本国论，他似乎太重视大都市像哥本哈根的文明，仿佛丹麦的文化生活就是始于哥本哈根，终于哥本哈根了，这自然为爱好写农村生活的作家所不能容承。新运动就是针对这几点而起的。

在反对勃兰兑斯的自然主义上，能代表新浪漫主义和象征主义的，不是小说家，而是抒情诗人约根逊（Johannes Jörgensen）和剧作家兼论文家鲁德（Helge Rude）。约根逊生于 1866 年，曾放弃基督教而改皈天主教，他之对前一期的文学之攻击，就大半建筑在宗教立场上。他著有《神圣的佛郎西斯库斯·封·阿西西》（Der heilige Franziskus von Assisi）、《我的生活故事》（Meine Lebenslegende）等。鲁德则生于 1870 年，他也一直做着反对勃兰兑斯派的工作。

表现对勃兰兑斯的国际主义不满的，并特别注意丹麦各地农村的描述的，却很有几个出色的小说家。这些人物几乎有一个共同的特点，这就是他们多半是丹麦日德兰半岛上的人，这个半岛上比较保守，所受的国外的影响，比各岛上也差得多，因而容易发展起一种乡土文学，这也是自然的了。

在这方面，我们首先提到的是阿凯尔（Jeppe Aakjaer），他生于 1866 年，这是一个农民之子，自己也是一个农民，不过他描写邻居的生活时却是以抒情韵文出之。他是小说家，也是诗人，诗歌以声调之洪亮著称。

克奴德逊（Jakob Knudsen）是年龄较大的作家，他生于 1858 年。他从前是一个小学教员，后来又写小说。在思想上，他也是一个急进派，每每有宗教与内心的冲突。作品则以智慧与幽默见称。

斯乔德勃尔歌（Johann Skjoldborg）生于 1861 年，他的风格以遒劲著。所写的内容往往是那些住在海边上的可怕的生存竞争，其残忍的状态正是丹麦一般人所隔膜的。不过他也很能写农村间的朴实无邪的生活，例如他的《潘·海华的夏日》，是写一个八岁的牧童去放牛的一日所见，真能像一个写生画家所能做到的了。他写母牛在小溪里饮水，鼻子浸在水面里，把水面弄成许多圆圈，畅饮以后，十分快乐，嘴巴上的水一滴滴地滴下来；他写那小孩子在山顶上看见自己村庄的房屋，太阳在瓦上发亮，倘若他的手臂够得着时，他很想伸出去拍拍那屋顶，像拍一个他爱的狗一样，他很想有一只狗才好，可是他父亲说狗吃的太多了，——这都多么像风景画！尤其好的，是他写那个牧童忽然对别家的一只牛残忍起来，把那牛扯住尾巴，加以鞭打，然后推入水中，可是他又后悔了，因为那牛的主人对他并不坏，那是些常给他羊奶吃的乡下姑娘。他怎么办呢？于是又跑到牛跟前，抚摸它的鼻子，拥抱它，好容易又拖它上岸，并且用清水把牛脚上的泥洗净，这样就没有人知道他曾做过这场顽皮的恶作剧，他以后要常常做一个好孩子了。这里写儿童心理和乡村生活，可说简直是能抓住那灵魂了！

在日德兰这一群作家中，尤其能够写乡土文学的是以喜麦兰地方为出发点的任逊（Johannes V. Jensen）。任逊生于 1873 年，曾在哥本哈根大学习医，于 1896 年（二十三岁）才改习文学。他的知识范围很广，对于人类学地理学特别有着爱好，所以他曾漫游各地，为了考察。他是一个个性极强的，用科学方法写小说的人。他的代表作《船》（Das Schiff）、《王之没落》（Des Königs Fall），是历史小说。又有《冰河》（The Glacier）一作，专叙述大冰河时代所遗留下的原人的生活。他为写这篇东西，曾到挪威的为白雪所深盖的崇山峻岭中去考察。这书发表以后，立刻就有了欧美各种的译本。

　　因为任逊所写的是原始时代和英雄时代，所以他和十九世纪末的写实派可算绝缘；然而他并非是前期的浪漫主义，因为他并没有越伦施勒格尔作品中那样豪爽的神明，他只是写野蛮的原始人而已，所以然者，他是业已受了达尔文主义的洗礼了。

　　假若任逊的思想是一种种族至上主义，则另有一作家的思想可称为纯粹的人本主义，这个作家就是尼克薛（Martin Andersen Nexoe）。尼克薛生于 1869 年，是贫家子。父亲是石工，母亲是铁匠的女儿。他根本没受什么教育，在鞋店做了六年学徒，又做过泥水匠的助手，后来才得入民众学校读书，开始写作时已经三十岁了。因为他是穷人出身，所以写穷人生活最为真切。但是他并不认为任何人受出身的限制。他的名作有两种，一是《征服者派勒》（Pelle the Conqueror），它的主人公派勒就是一无传统束缚，赤身而来，征服了世界的。其中说派勒原是一个贫苦的移民，在受过诸般苦难之后，获得了财富，成为大工厂的主人，于是救济劳工，造出了工人的理想之乡。这小说有一半是自传性质。又一名作是《女儿狄特》（Ditte:Daughter of Man），这里所叙的是一个纯洁的少女，为人做仆役，被人诱奸，被人虐待，最后被人置诸死地，读来叫人酸鼻，然而她终究是胜利的，因为她保持着灵魂中永恒的美德故。在这部小说中，尼克薛所更强调的，乃是每个人的神圣，他说每个人都是有独特价值的。既异往昔，也异将来。他的思想，可称为纯粹的人本主义。他写的《候鸟》一个短篇，也很可以代表他：那个流浪的鞋匠南伯先纳河后来穷到极点，当他看到他的女人和三两岁的儿子，颇想给她一点牛油，可是那唯一的一点钱却买了烟草了；他们夫妇出去玩时，跳舞厅进不去，住处也没有，于是进了人家的马棚，最后却是被发觉捉入警察局了。这在一方面见出他写穷人生活的真切，在另一方面也见出作者认为穷人的灵魂还是温热而美丽的，这也就正是尼克薛作品的特色。

任逊重的是种族，尼克薛重的是人本，超于二者之上而代表一种宗教的渴望的是拉尔逊 (Jens Anker Larsen)。拉尔逊生于 1875 年，名著是《智者之石》（Der Stein der Weisen）。还有薛勃格 (Harry Söiberg)，生于 1880 年，他也是以写农人或渔人的宗教生活见称，著有《谋生之地》（The Land of the Living），可称代表作。大概农民作家的作品，都总有宗教的情感渗透着，这也是对于十九世纪勃兰兑斯所提倡的思想之反抗的又一端了。

近代的丹麦文坛，就呼吸于这样对勃兰兑斯的依或违中！勃兰兑斯的影响是太大了！

第三章

挪威文学

第一节

挪威在文学上的独立运动

挪威在 872 年才建设王国，十一世纪以后时而联合于丹麦或瑞典。当冰岛上还保存着古代北方语的时候，挪威因为受了丹麦的统治，所用的书写的文字就和丹麦文差不多。因此，自十五世纪至十八世纪的挪威诗人，我们便大半都已列入丹麦文学之中了。这一个时代最伟大的丹麦诗人霍尔堡，就是产生在挪威，这也是我们已经述说过的了。

在这一个时期，可特别称为挪威精神上的产儿的，则有以宗教诗与世俗诗著称的彼德·达斯（Peter Dass），热烈的爱国抒情诗人诺达尔·布鲁恩（Nordahl Brun）。

彼德·达斯生于 1647 年，卒于 1707 年。在他之前，挪威可说没有一个真正有创造才能的作家，也可说没有一个作家真正以内在的火焰燃烧着生命并作品的。只有到了达斯，却就不同了。那作为现代初期的文学的两大特色：伦理与宗教兴趣之弥漫，接近自然与民间生活，这二者全都呈现在他的作品中。他的父亲是一个苏格兰商人，死在 1654 年，他这时才七岁。不久，他的母亲再嫁，他便被几个姨母养育着。十三岁的时候，他到了卑尔根（Bergen）。十九岁时，入了哥本哈根大学。他这时的生活，既孤寂，又穷苦。以后做家庭教师，三年之后，遂娶妻，为牧师。他有一个时期，很憎恶社会的不平，很憎恶金钱与阀阅的势力，但他那乐观的天性终于让他平静下去。他做牧师很有声名，在挪威北部阿耳斯塔霍格（Alstahaug）一直工作了十八年，到死。他的创作可说有两类，其中之一是宗教的，这是因为他是牧师。由于他的性格之实用，他对于为艺术而艺术，可说毫无所知。他只是想在启蒙思想上尽点力而已。他的宗教作品之所以超人一等者，全在他的独创性和美化了的淳朴。他的诗有许多已经变成了真正的民歌了。他的作品的另一类则是世俗的，在其中表现着他对于北国生活之同情与深入的了解。这一方面的代表作是《北国之胜利》（Nordland Trompel），以及《挪威谷间吟》（Den Norska Dale Vise）等。《北国之胜利》尤其是他的压卷之作。其中描写最特色的是海。当读者读着时，每每像有咸湿的空气打在脸上似的。这部作品差不多耗费了他十四年（1678—1692）。他死的时候，是六十岁。他在挪威人的心目中，已经近于神明，关于他有许多神话的传说。他的诗歌，为全国人所传诵。他乃是近代挪威的第一个诗人。

诺达尔·布鲁恩则生于 1745 年，卒于 1816 年，比彼德·达斯要迟一个世纪多。这时挪威的国家情感已经觉醒，布鲁恩乃是应运而生，最能够达到这种国家情感的核心的人物：对于挪威人民之自由与福利的热情，可说再没有比布鲁恩更真挚的了。他的父亲是一个农人之子，他的母亲是一个虔诚的女人。早年是由他母亲教给他《圣经》和宗教文学。在他入了德伦的英（Trondhiem）的教会学校以后，受了校长格尔哈尔德·顺宁（Gerhard Schöning）讲述挪威历史的鼓舞，养成一种爱国的热情。十八岁时，入了哥本哈根大学。他认识挪威那些上流社会人物很多，二十七八岁时并加入了幽耳夫人（Madame Juel）咖啡馆的挪威俱乐部（Norwegian Glub），这是当时热心挪威改革的青年们所联合的一个重要场所。他像后来的比昂松一样，他以唤起他的国人之显著的挪威性格的自觉为事。在 1771 年和 1772 年之间，他写了挪威的第一个国歌《给巨人的祖国挪威》（To Norway, Giants' Native Land）。这首歌有初期的爱国主义之一般的力量和弱点，像法国的《马赛曲》。他不是纯粹的文人，像达斯一样，主要事业仍在宗教。在政治上，他的意见是十分保守的。1814 年，他六十九岁了，眼见挪威脱离丹麦的羁绊而独立成功（这是维也纳会议的结果，此后挪威与瑞典共戴一君，称为联合王国，一直到 1905 年才分离），欣喜若狂，但他喜的并不是挪威从此可以成立一个民主政府，而是因为挪威的古代王冠又恢复了。

至于真正能够表现挪威语文的独立特色的，则是始于达斯与布鲁恩之间的一个人物克里斯显·图林（Kristian Tullin）。图林生于1728年，卒于1763年。图林擅长的是自然抒情诗，他是英国诗人剖普（Popet）和德国诗人哈勒（A. V. Haller）的模仿者。他的父亲是奥斯陆的商人。他在十七岁时，入了哥本哈根大学。他起头要当牧师，然而他有审美的天才，在大学里研究的是现代欧洲语言，并培养了音乐才能。二十岁时，他的大学生活完毕，回到了奥斯陆。在一个短时期，他又过了一种牧师生活。但终于发现是十分不适合了，首先他的胸部的健康就不允许他作公开讲演。他因此改而经营实业，并获有相当的成功。除了他的经济之才外，他究竟不失为奥斯陆精神界的一个领袖。照当时的风俗，诗往往是用之于季节的。他的诗，有许多就是为人家的婚期而写的。其中最有名的一首，是《五月之时》（May Day）。这是挪威抒情诗中划时代之作。那种卢梭式的对于都市生活的憎恶，以及对于自然之强烈的欢迎，都纯然是早期浪漫派的特色。可是在另方面，他却也和古典派之注重形式的意见不完全相违。他对于诗的性质的说明，颇似为魏耳哈温（Welhaven）《诗之精神》（The Spirit of Poem）之预言者。他的话是："诗一定要刺激感情，而且使心灵有奇异之感，或者有所反省而后可。——其出色处乃在思想的深度和表现的清晰。选的字一定要活泼，要审慎，要有吸引性。——此外，诗的出色还要靠想象力。"这里所谓吸引性，无疑是有洛可可（Rococo）的影响在。他死的时候，只有三十七岁。在他最后的七年中，他成了北方有名的牧歌作者。图林之最美的作品也许要算那得奖的诗《创造之光辉的

和谐》（The Splendid Harmony of the Creation）。假若《五月之诗》
是魏耳哈温作品的前驱，则这《创造之光辉的和谐》乃是魏尔格兰
德（Wergeland）之巨大的宗教性并哲学性的作品之先锋，虽然图
林没有魏尔格兰德那样纵横驰骋的不羁之才。

　　作为挪威之独立运动的基础的是 1813 年克里斯显尼亚
（Christiania）大学的建立。克里斯显尼亚是什么地方呢？就是现
在的奥斯陆。这个大学建立的次年，挪威就脱离丹麦，而与瑞典联
合为一了。此后遂又努力与瑞典再分家，这事终于在 1905 年实现，
挪威才成了一个在政治上完全独立的国家。

第二节

魏尔格兰德与魏耳哈温
——挪威的第一对抒情诗人

　　挪威在政治上的独立虽迟，但文学上却很早就有一种独特的挪
威文学。不错，那用语上也许仍多少带有丹麦口语的色彩，然而她
自己的面目却还是有的。

　　能够代表这种面目的文学的先驱有茅里慈·克里斯陶弗尔·汉森（Mauritz Christoffer Hansen），有亨利克·安克尔·毕尔雷蛤尔德（Henrik Anker Bjerregaard）。前者生于 1794 年，卒于 1842 年；以写市民生活与农民生活著称。后者生于 1792 年，卒于 1842 年；得名的是爱国剧。

　　然而这二人不过是先驱而已，真正可以作为挪威文学之第一个有意义的代表人物的乃是亨利克·魏尔格兰德（Henrik Wergeland）。

　　魏尔格兰德乃是在政治上反对瑞典，在文化上反对丹麦，而以为挪威高于一切的诗人。他生于 1808 年，卒于 1845 年。他的父亲是尼考莱·魏尔格兰德，这是一个性情怪癖，容易触怒，又颇有艺术才能的人。尼考莱喜欢音乐，及画点画，并且想当一个作家；可是他另方面却很崇拜理性，他曾说只有理性乃是人类所唯一应当绝对服从的权威。他未尝不常常控制他自己的情感，可是仍然容易爆发，任何人都难于和他共处。至于诗人亨利克·魏尔格兰德的母亲呢，则是对于理智活动不十分有兴趣，然而却也是有着艺术家的气质的妇人。

　　是 1808 年的 6 月 17 日，亨利克·魏尔格兰德降生了。他的幼年可说正是一个大时代，那时拿破仑的征战正方兴未艾，所有斯堪的纳维亚的国家都席卷在这个漩涡里头。当他三岁的时候，他父亲因为一篇讨论奥斯陆大学建设的文章得奖，后来又因为反对丹麦的演说而得到高位。他自己之反对丹麦未始不是受了父亲的感发。当他是一个小孩时，那未来的诗人性格已经很显著了。他对于自然有深挚的情感，一切有生命之物，兔啦、蛇啦、藓苔啦、虫豸啦，他都仿佛看作是自己生命的一部分。他是一个泛神论者。他爱自然爱到这种地步，我们看他对自然所说的情话就像对于他的一个新娘似的了。他时常喜欢在丛林里漫游，每每乐而忘返。1825 年，他十七岁了，入了奥斯陆大学，受有学院派的充分训练。

魏尔格兰德的性格可说有两个中心，因而也就构成他的作品的两个特有主题。一是一种奇异地与一切生命合一之感，因而他陶醉于自然，因而有深长的儿女之情，因而抱有泛神论的宗教感觉等。其次是，他又有一种稀有的丰富的想象力，使他超升到星空，使他仿佛占有宇宙的心灵，又仿佛有着宇宙的博爱似的。

当他在爱德斯福耳（Eidsvoll）乡下的时候，他为自然的风景所鼓舞，当他到了奥斯陆，就又为女性所包围。他当时的女友很多，往往同时爱好些个。到他三十岁的时候，他很快乐地同阿玛利·倍克弗耳德（Amalie Bekkevold）小姐结婚了。然而他早年的风流韵事仍然留给了挪威一些最精美的抒情佳作。他可以说是最伟大的一个爱情的歌者，同时他的爱情也是普遍的：大自然、妇女、友人与上帝，在他都视若一物。他也像但丁一样，有一个理想中的女性，就是施推拉（Stella），他为她所写的情歌，就宛若实有其人似的呢。

1830 年，他二十二岁，已经印行了他的代表作《创造，人性，与救主》（Schöpfung，Menschheit，Und Messias）。大意是说一切存在都是上帝想要实现其自身的一种发展，这实现的手段是由两种精神合作而成，一是怀疑而创造的理智，一是直观的爱情。人类的心灵乃是像一个螺旋似的，逐渐上升，而到达一种最高的扩展而深长的存在上去。

在 1832 年，他旅行到了各地，尤其深入民间，和一般农民接触着。在政治上，他本是代表农民立场的。这时反对他的人有我们马上要讲到的魏耳哈温。魏尔格兰德的父亲是站在儿子一方面，曾写过一篇煽动的文章，要求国家主义派把反对者的宣传品付之一炬。这事很惹起一阵风波。在 1835 年，魏尔格兰德二十七岁了，为笔战起见，主编《国民报》（Statsborgeren）。最后的胜利是属于魏尔格兰德，他这一派的人有很多位加入了国会，在 1836 年把一个设立地方自治政府的议案也通过了，在 1837 年又将要求撤换首相的议案强迫国王默许了。

这时政潮已经平息，奥斯陆的新剧院举行开幕礼。在剧本的竞赛中，魏尔格兰德也参加了。他的剧本虽然不是首选，但是却已经允许他有了上演的机会。到了上演的时候，却又惹起一阵纷争，但结果魏耳哈温一派在剧院中的骚动却又归失败。

只是经过这一次的骚动以后，两派的敌对反而无形中消弭了。1844 年，魏尔格兰德胸部的疾病发作，这时和他的论敌魏耳哈温言归于好。但次年 7 月 12 日，他就逝世了，年龄只有三十七岁！

魏尔格兰德的最后几年乃是在他艺术制作上最丰富的时期。他一直到不能执笔的时候为止，没停下写作。当他面对着死神时所创作的抒情诗，其美丽恐怕在挪威文学中无出其右者。他之爱生，是较任何人为浓烈的，然而他对于死，却也以欢乐接受之。一个伟大的灵魂，是连对于死的恐怖也可以驾驭的，在这地方，他不减于苏格拉底!

我们举他的《赠春》（To Spring）一首，以见他对于生命之最后的态度：

呵，春天，春天，救救我！
没有一个人爱您会把我超过。

那初生的青草，我之重视它过于翡翠，
那白头翁的花，我认为是一年的祥瑞，
虽然我明知道就要开的是玫瑰。

那些玫瑰常常伸出手，猛烈地寻我，
我就像让一些公主着了魔，
可是我逃了：因为春之女儿白头翁和我先有了婚约。

看吧，白头翁呵，我会拜跪在你的下风，
看吧，被人轻视的耐冬和蒲公英，
因为你们是春之子孙，我看着比金子还贵重。

看吧，燕子呵，我早就看你
像是久已失踪的儿子又到了家里，——
呵，你是春之大使！

我要寻这些云神，而且向他们祈求，
请再不要向我的胸上投那些匕首，
从他们那蔚蓝的，寒冷的缺口！

看吧，老树，我崇拜着像圣母，
每个春天，我都要数算那芽，像数珍珠。

看吧，老枫树呵，您是我那样抱着的，
就像一个曾孙对于曾祖那样敬惧，
而且，我是多么常常情愿不作您那不死的根上之幼枝，
我把我的王冠给了您！

作我之证人呵，古代之尊神！你可以被人信赖；
因为你可以被人尊敬，像一个元帅。

请你允许我，把酒浇奠在你的根上，
用轻吻医就你的疤痕和创伤。

现在你那好看的轻绿之色已经剥夺，
你的叶子已经摇摇欲脱。

呵，春呵，老树虽然白发了，为我正祈祷，

他把他的双臂伸向云霄，

那"白头翁"，你的蓝眼睛的子孙，也向你跪倒，

请你救救我吧，——我爱你的心是这么坚牢。

魏尔格兰德是已经被他的国人高高地举之于天空之上了，他的全人格可以看作是十九世纪里挪威整个文艺复兴运动的化身！只是他的性格却有些矛盾，一方面反对专制，一方面却又对王室很忠实！

和魏尔格兰德敌对的人就是魏耳哈温。约翰·塞巴斯显·魏耳哈温（Johann Sebastian Welhaven）比魏尔格兰德只大一岁，生于 1807 年，但不像魏尔格兰德那样早夭，却死于 1873 年，活了六十六岁的高龄。他和魏尔格兰德之偏重本国的精神者相反，他所烛照的是全欧洲，至少他所要求的是斯堪的纳维亚的文化之成为一体，而不是只限于单单看到挪威。魏尔格兰德所诉诸的大众是农民，魏耳哈温所诉诸的大众则是知识分子。这是他们二人主要的不同处。

魏耳哈温的父亲，和魏尔格兰德的一样，也是一个牧师。他的母亲则带有丹麦血统。在他的幼年，因为父亲的携带出游，让他对于挪威西部的自然景物有着爱好，并使他一直保持了一种对于自然美的敏感。

影响魏耳哈温最大的是他的老师里德·萨根（Lyder Sagen）。这位老师以古典主义的标准强烈地灌注了这位青年，让他觉得艺术就是美，美就是和谐。英国华兹华斯那句名言"诗的来源是在平静

中的回忆的情感"（Poetry takes its origin from emotion recollected in tranquility），变为萨根的标语，也成了魏耳哈温的艺术理论的无上原则。

他虽然比魏尔格兰德大一点，但在 1825 年的时候，他们二人同是奥斯陆大学的新生。魏耳哈温很想学画，就是到了大学二年级也还没有放弃这念头，只是因为他太爱他父亲了，于是遵从父亲的意旨，学了神学。1828 年，他父亲死了，因而就很自然地改习了文艺。他的性格是爱好精美，而憎恶粗暴。所以，他之不爱国，并不是由于与国有仇，而实在是因为讨厌这种爱国情绪之很喧嚷地流露。魏尔格兰德及其一群，他很看不惯，觉得不过是粗暴的展览而已。他主要的要求只是文化，只是精神上的贵族。1830 年的 8 月，魏耳哈温发表过一首《给亨利克·魏尔格兰德》的诗，极尽讽嘲的能事，这就是他们交恶的开端。这时他们不过是二十二三岁的大学生，但他们的笔战却轰动全城，这完全是因为当时的奥斯陆城不过 15000 人，学校在当地就已经为一般人所注意，加之当时的学生团体乃是一个包括毕业生与未毕业的人的组织，势力本来很大。由于他们二人的冲突，学生团体也分化了，这以后又影响到政治上去。魏尔格兰德偏向于农民一方面去，魏耳哈温虽然不反对民主，但主张政府应该居于监护人的地位。在 1833 年，魏耳哈温一派称农民派的胜利为无知与野蛮的胜利。次年他的《挪威之曙光》（Norges Dämring）出版，极力掊击爱国主义者之一偏与弱点。他主张国民所需要的乃是教育，乃是外国的文化。其实他是太低估了十九世纪初年挪威人民之潜藏的创造力了！

魏尔格兰德的父亲所主张要烧掉的，就正是魏耳哈温这部书。当农民派的魏尔格兰德在1835年主编《国民报》的时候，这知识分子派的魏耳哈温就在1836年主编《立宪报》（Den Constitutionelle）。魏耳哈温起初是失败了，但政争既起之后，一般人的注意反而在实际的建设。当一般农民对于现状的改善已渐感满意，知识分子的一派遂终于领导了全国的文化运动，而掀起一种后期浪漫派的潮流。

在魏尔格兰德死（1845年）的前几年，魏耳哈温也遭到了不幸。原来在1837年时，魏耳哈温遇到了一个门阀不甚相称的女友伊达·乞鲁耳夫（Ida Kjerulf）。乞鲁耳夫很有天才，也很美。但是她的父母觉得魏耳哈温不够匹配他们的女儿。他俩的爱慕却是双方的，因而都很痛苦。1840年的时候，乞鲁耳夫因此病了，她的父母遂想放弃成见。同时魏耳哈温的经济状况也因被任为奥斯陆大学的讲师而有些转好，可是这些条件都太晚了，乞鲁耳夫终于死了。乞鲁耳夫之死，成了魏耳哈温的生命中的一件大事。他晚年所作的一切诗和小说，都有着这位少女的影子。

魏耳哈温慢慢成了挪威文化界的领袖。他由讲师而成了奥斯陆大学的正教授。易卜生的入学论文，是他签的字，比昂松所奉献了最美的颂词的，也以他为对象。魏尔格兰德既死之后，他的性情也和平起来了，他的诗就像平静而有诱惑性的湖水似的了。他最后的归结，也是在一种甚深的宗教情绪里，觉得与上帝合而为一。

究竟魏耳哈温与魏尔格兰德二人有没有不同呢？说穿了，恐怕他们的不同也只是表面而已。魏尔格兰德也未尝不是一个知识分子，他不过把十八世纪的启蒙思想融化在一种泛神论中。在救国的策略中容有不同，但那为人民的福利的热心，则二人并无二致。至于关于生命的看法，超自然的魏耳哈温与泛神论的魏尔格兰德都是认为应该把他们的精神隶属于一个最高的主宰，而这个主宰的一切性质就呈现在生命之书（Book of life）中，更不用说是若合符节了。

第三节

挪威文学中的浪漫运动与民俗学

浪漫运动的祖宗，自然是法国的卢梭。浪漫运动的主要精神可说是重在个人的人格，尤其在个人情感方面的权利之自由。浪漫运动又可以解释作：在新奇之物上，使之活现，并加上色彩，加上衬托，同时则运用大众所适合的语言，或大众的表现法，而企图建立一种新风格。这个运动也可以看作是一个对一切事都要溯源的运动。在浪漫运动的观点之下，个人并不是一种人为的社会秩序中之一分子，却是和一个正在成长中的有机体密切相关，这有机体即种族与国家。在艺术与文学里，浪漫主义者所重的便是民间作品。童话、歌谣、民间戏曲，以及民间生活或自然景物的绘画，都是浪漫主义者所要收集并制作的。不用说，这其中的精神主流乃是承认人类平等与主张民主政治。

首先响应卢梭这种呼求的是英国。在 1760 年，苏格兰的二十二岁的青年詹姆斯·麦克菲逊（James Macpherson）刊印《古代诗歌片断》（Fragments of Ancient Poetry）。过了五年，他又出版了托名为莪相（Ossian）的《诗集》。同年，派尔西（Percy）的《古英诗钩沉》（Reliques of Ancient Poetry）也出版了。

不过浪漫运动的最大成就不是在英国而是在德国。就在法国大革命未爆发以前，距卢梭之死也还早五年的时候，二十九岁的海尔德（Johann Cottfried von Herder）在 1773 年发表了一篇《论德国种族与艺术》（Von Deutscher Art und Kunst）的文章。他在这篇文章里所要求的是家园、民族和人性。他大声疾呼，要他的国人尊重家乡的德国。五年之后，他又出版了两本《民歌》（Volkslieder），在他的国内立刻掀起了一种情感的革命，对于十九世纪之初的德国文化之再生不无影响。

不过初期的英德浪漫主义者，对于民间文学还不曾有科学的整理工作。一直到生在 1785 年的雅各布·格林（Jacob Grimm）和生在 1786 年的威廉·格林（Wilhelm Grimm）两兄弟出来，民俗学的科学基础才算奠定。两兄弟之中，雅各布是一个大学者，他那无休止的天才使他无暇去修润他自己的著作，因为他老是不等这一部工作完成，已经忙着他的第二部了；威廉则不然，却是一个艺术家，很注意形式。差不多有十年的收集，又加上另一个浪漫主义者阿契姆·阿尔尼姆（Achim von Arnim）的帮助，他们出版了一部《献给孩子和家庭的童话》（Kinder-und Haus Märchen）。这是文学世界中的真正划时代之作。第二卷出版于 1814 年，用了很详尽的导言及注释。全书的付印是在 1819 到 1822 年间。由于民间故事的搜集，使格林兄弟发觉其中有些成分不止为欧洲各国所共有，而且广被近东和印度。他们认为这也像阿利安的语言似的，乃是有一个原始的统一的心灵和意识在，以后却又在演化的状态中有所分化而已。照这样推下去，本可以推到人类在某种程度上的统一，不过那时的这些浪漫派的历史哲学家却并未再往下推论，反而只注意到了条顿民族的世界，认为其中有一种神话学以及民俗学的统一性，对于国家情感的成长上乃是一种基础罢了。在十九世纪里，几乎大家一致承认国家乃是超个人的一种有人格之物，为语言、宗教、制度所自生，也就是这同一个超个人的人格之物在演化状态中把民间文学也创造出来了。

说到北欧各国对于民间文学的注意，却远在十九世纪之前。丹麦之有民歌的收集，我们可追溯到 1591 到 1695 年。挪威文学起初颇受了丹麦一些伟大作家的影响，后来一直到亨利克·魏尔格兰德的泛神论的国家主义出来才获得了新生命。在我们现在的人看来，自然晓得挪威的民间文艺是居于当时国家意识的中心，和民族文化的进步结着不解缘，但在当时的魏尔格兰德对于这事毫无理解。他竟不承认有这种民间文艺存在。可是就在他死的那一年，阿斯边逊（Asdjörnsen）和茅氏（Moe）所收集的童话就出现了，这件事对于挪威的关系之大，就和海尔德与格林兄弟之对德国的影响似的。

正如德国的民歌收集者是兄弟，挪威的民间文艺编辑者约根·茅（Jörgen Moe）和培忒·克里斯顾·阿斯边逊（Peter Christen Asbjörnson）是很好的朋友。约根·茅生于1813年，父亲是一个事业家，他之艺术家的禀赋或是得自母系。他的幼年完全在靠近挪威首都的地方度过，他所受的影响却无疑是魏耳哈温的思想所标举的。他住的地方乃是挪威最美丽的所在——林格尔里克（Ringerike），这地方有湖山环绕，水是澄清到极点，天空常是晴朗着，近山作蓝色，远山上则常有积雪，山坡有黝暗的松林，岸上是如锦的盛开的花朵。在他十四岁的时候（1827），是他入了一个预备学校的第二年，他遇到培忒·克里斯顾·阿斯边逊，阿斯边逊这一年也只有十五岁。阿斯边逊是一个喜欢遨游而不受拘束的小孩子，很早就自信有作家的天才。他很为自然界的美所陶醉，同时又很喜欢工人和农民所述说的故事或传说。他的性情很和易而仁爱，很喜欢帮助朋友。但他在林格尔里克的一年，并没有使他贪玩而不用功的习惯改掉，所以次年便被他父母叫回家——奥斯陆——了。此后他和约根·茅的友谊完全靠通信或者彼此探望而维持着。他们友谊的结合是在一种共同的审美的兴趣以及对自然有爱好。

后来阿斯边逊的家境不好下去，一直到了1833年（二十一岁）

才进了大学。因为经济的需要，他在一个人家里当家庭教师。自然科学的兴趣颇引动他，所以他在1835年就开始在预备医学的学位。正在这时，挪威的牧师安得雷亚斯·费（Andreas Faye）因为受了十八世纪启蒙思想的影响，出版了一部民间传说。安得雷亚斯·费本是缺乏文学见解的人，他的收集遂遭了魏耳哈温一派的历史学者P. A. 蒙克（P. A. Munch）的攻击。但这位牧师的工作并不稍懈，当1835年的时候，阿斯边逊便也接受了邀请，帮着安得雷亚斯·费做起收集民间传说的工作来了。次年，阿斯边逊和约根·茅都读过了格林兄弟那部《献给孩子和家庭的童话》。又次年，阿斯边逊再遇约根·茅于奥斯陆，便决定放弃医学，而用全部精力来治挪威的童话了。

这计划的发动者是约根·茅。约根·茅入大学早些，是在1803年，亦即魏尔格兰德写《创造、人性与救主》的一年，他业已经过大学入学试验而及格了。可是他在此后却得了神经衰弱病，让他永远是神经过敏着。他那作品中之表面的平静与和谐，乃是一个长期间自我控制中的挣扎的结果。这不是他的性格使然，而是他的意志而已。因为身体的关系，他每每以民间故事自娱。在挪威的政争中，他无所适从于魏尔格兰德与魏耳哈温之间，因为他的创作的形式无疑是当时知识分子派的标准，但对于民间童话及传说的兴趣就又是笼罩在魏尔格兰德的精神中了。

约根·茅在1834年就在家乡林格尔里克收集民间故事。这时正是他因和未婚妻解约而精神沮丧、返里休养的时候。过了两年，他读到格林兄弟的著作。他这时觉悟假若有人要收集挪威的童话，一方面固要有民俗学的学识，另方面却又要有诗人的敏感。就在这种认识之下，他在 1837 年的春天，重又遇到了阿斯边逊。于是他们决定收集并印行挪威的民间故事。这一年的年底，他们就编辑了一小本，名为《北方》(Nor)，当时发售预约却失败了。此后约根·茅在 1839 年取得了大学的学位，阿斯边逊则因为谋生而从事于新闻，但他们的工作并不中断。到了 1841 年的春天，《挪威童话集》(Norwegian Fairy Tales) 第一卷出版。以后在 1842 年、1843 年、1844 年，都继续分别出版了好几卷。这时魏耳哈温一派人的成见也放弃了，而且得到格林兄弟的好评，认为是最出色有民俗学的著作。但第一版出版到 1844 年，卷数就停止了，这时他们对全书乃做一种订正的工作。这就是 1851 年修正和第二版的由来。同时阿斯边逊也单独印行了包括两卷的一部书，叫《挪威童话与民间传说》(Norwegian Fairy Tales and Folk Legends)，出版于 1845 到 1848 年。

挪威的童话有它的特色。在叙述性格上极其显明，在描写强烈的情绪上极其新鲜而雄劲，却又一无道德教条的束缚。这对于挪威国家文学的建立上极有助益。一则是国民的自信提高了，二则提倡起一种新风格，这和后期浪漫派之只注意装饰者恰可以成为对照，而是近于民间传说 (Saga) 的健朗了。挪威的一般国人自然更是爱这些童话，因为其中有自己的生活，像映在银幕。自从 1850 年以后，可说没有一个作家不在这些童话里培养自己的风格，没有一个作家忽视在这里所描绘的挪威人的真面目。假若想明了自从十九世纪中叶到现在的挪威文学，可说没有一个人是可以撇掉这约根·茅和阿斯边逊所收集的童话而能成功的了。

但约根·茅自从 1851 年印行了《童话集》第二版以后，就放弃了这曾致力了二十年的工作而从事宗教生涯，他死于 1881 年，以一个牧师而终。他的儿子茅耳克·茅（Molte Moe）却继承了他的事业，是当时认为最大的民俗学者。茅耳克·茅又帮助阿斯边逊共同工作，这时对童话的来源和内容都有了一种可成为标准的整理。

阿斯边逊的晚年过得相当顺适。1871 年，他出版了一个更大的总集。他又请当时的名画家魏伦斯乞奥耳德（Werenskiold）和乞忒耳逊（Kittelsen）作了插画，前者以善于写民间生活著称，后者则有超特的想象力，所以阿斯边逊的书更为名贵了。阿斯边逊除了收集故事外，也是一个出色的动物学家和森林学家，但他这方面为童话之名所掩，所以少有人晓得了。他死在 1885 年，比约根·茅迟了四年而已。一个活了七十三岁，一个活了六十有八。

北欧各国对于民歌的收集，我们说过，那是丹麦远在十六世纪就已开其端。挪威在这一方面的收集，自然比不上童话。可是在 1840 年，约根·茅也出版了一部《挪威土语民歌集》（A Collection of Songs and Folk Ballads from Norwegian Country Dialects），在 1842 年，有一位小姐叫克鲁格尔（Croeger）的，也收集了许多民歌。后来又有一个学者叫玛格奴斯·布鲁斯特鲁普·兰德斯泰德（Magnus Brostrup Landstad）的，就以她所收集的为基础，在 1853 年出版了一部较大的结集。至于规模更大的工作，则是由语言学家苏福

斯·布格（Sophus Bugge）担承着，差不多费了十五年的工夫，在
1858 年出版了一部《古代挪威民歌集》（Ancient Norwegian Folk
Ballads）。他的工作并未完成，茅耳克·茅又继之。茅耳克·茅也
没有完成，但那二百首的挪威民歌是确有着科学工作的基础了，这
对于后来挪威语言文学的进展上都有不可计量的作用。

第四节

易卜生与比昂松以前的文学建设运动
——新挪威语之科学基础

出现一个大作家是不容易的，在出现以前不知道有多少预备的
工作！易卜生与比昂松——这是挪威文学的两大柱石，他们出现之
前，就不知道有多少文化上的培养和蓄积在准备着！上面所说的魏
尔格兰德和魏耳哈温已不啻是他们的开路人，而民俗学的研究，也
是一个重要的助产的力量。但这还不够，所以我们就又要说到历史
与语言学的研究了。

提高民族自信的大本营是奥斯陆大学。挪威派的历史家也便产

生于此。它的建立者是鲁道耳夫·凯塞尔（Rudolf Keyser），他生于 1803 年，在二十五岁就加入了奥斯陆大学的教员之列。他主张古代的北方文学并不像一般人所说来源是斯堪的纳维亚或日耳曼，却首先是挪威与冰岛。这学说的真实性虽然不大，然而它对于挪威之民族情感的发展上，却有极大的助力。

支持这个学说最力的是培忒·安得雷亚斯·蒙克（Peter Andreas Munch）。蒙克是极其渊博的学者，而且文化上的努力从无休息。他的成绩，见之于历史学与语言学者的著述，见之于民间传说的收集，见之于对挪威国语之整理，见之于对国家文化机关的创设。他在历史上的大著是《挪威人民之历史》（History of the Norwegian People），其印行是始于 1857 年。

这时——十九世纪的中叶——挪威的音乐与艺术也有了一种民族性的独立与自觉。1836 年，由于画家达耳（J. C. C. Dahl）的推动，国家美术储藏馆也建立了；1859 年，更由画家艾克尔斯勃格（Eckersberg）在首都设立了艺术学院。本来，挪威的戏剧很受丹麦的影响，但自从比昂松出来，这影响在五十年代已经告终。提琴家奥耳·布耳（Ole Bull）为符合这个新趋势，于 1849 年，建立了卑尔根国家舞台（Bergen National Stage）。没隔二十年，易卜生的剧本就在这里获得世界的声誉了。

但这一切征象中，我们不能忘了那些辛勤的学者对于挪威语言的探讨与建造。挪威的语言原是不统一的，城市与农村之间有很大的距离，书写的文字以及宗教和官方的语言则是丹麦语，这让三十年代的挪威自由主义派颇感到语言的分歧对民族意识上是一个大阻碍。

首先提到这个问题的是自由派的法律家和政治家约纳斯·安顿·希耳姆（Jonas Anton Hielm）。他在1831年发表了一篇文章，说把挪威语言分为俗语与丹麦语是不应当的，农民的语言也应该是国家语言的一部分，至于如何建造一种优良的国语，则主张必须请教专家。次年培忒·安得雷亚斯·蒙克也发表了一篇文章，不过他说文化并不基于语言，只是为艺术家计，却不能不有一种美备而曲折的表现工具。他又认为口语乃是一种独立的语言，自有其统一的语汇与文法，大可以作为全国的语言的标准。问题是，只要加以改造罢了。改造的根据，应该是古代北方语。因此，他就修润当时的民歌，以便符合他这个目的。

亨利克·魏尔格兰德对于这问题也不放松，但却站在一个反对的立场。他不相信会有一种根据口语的独立语言，他倾向于尽量采取挪威所特有的表现方式与语汇，而自由创造。只是自1840年以后，他也渐渐同意蒙克。他曾给民俗学家约根·茅建议，说当该征集全国的文字学家，订正全国的教科用书，使其统一。至于对艺术家，他主张让他们自由。"丰富与改造，都是必须的"，这是他的话。

实则在这个时候早有一个人要决心做这个工作了，这个人并不是空想的国家主义派，他一方面为农民，一方面也为语言，他有国家的信念，也有民主的要求，于是担承起他的使命来。这是伊凡·奥森（Ivar Aasen）。他是平民出身，生于1813年8月8日。他生的时候，父母年龄都已很大，不久便都已死去。因此，也很孤独，也没有游侣，幼年遂常以漫游与采集花草为事。倾倒于大自然，羞涩而不善于处世，几乎成了他终生的性格。他早年所读的书，只是一部《圣经》。从十三岁到十八岁，只是过一种穷困的童工的生活。

后来他跟着易卜生的岳父陶雷逊（Thoresen）读书。他的学问慢慢博洽了，但他又想再回到植物学的工作。可是他终于决定以全副热诚治他的文法学。1837 年（二十四岁！）的时候，他就已经对于他的本乡的语言作着一种体系的探索了，结果在 1841 年遂出版了他的第一部语言学的大著《散弥勒的口语》（The Sunnmöre Dialect）。

这书很为当时一般名流所赏识。此中有魏耳哈温的先生里德·萨根以及德伦的英（Trondheim）皇家科学院（Royal Academy of Science）的院长 F．M．布格（F．M．Bugge）。后者本希望有这样的一个学者出现的，遂提议每年出 150 个挪威币，资助奥森做调查的工作。奥森答应了，于是在 1842 年的秋季开始那划时代的使命，这是距阿斯边逊与茅氏出版《童话集》还没有几个月的事。

调查的工作相当困难，钱不充裕，身体又坏，而且难以取得农民的合作。然而奥森像一般天才一样，有他坚毅之力。于是在 1845 年，即草成长篇论文《关于挪威农村语言的字典与文法》（Concerning a Dictionary and a Grammar of the Norwegian Country Language），发表在科学院的年报上。

这时也就是凯塞尔与蒙克主张斯堪的纳维亚人是来自北方，

因而挪威是古代帝国的据点的学说的时候。奥森为支持这个学说，曾北游各地，又做起调查工作。1848 年的三月，印行《挪威民间语言之文法》（Grammar of the Norwegian Folk Language）。后来他觉得应该把挪威的官话完全取消，因此也就无所谓俗语，所以他的书名就迳称为《挪威语言之文法》（Grammar of the Norwegian Language）了。这是奥森两部不朽的语言学著作的第一部。

第二节不朽的著作的资料也早在手头了，他不等把他的文法编完，他就已经着手于《挪威民间语言之字典》（Dictionary of the Norwegian Folk Language）。他的着重点是在明晰而有个性的地带，凡是越有共同流行的语言的地方，他便越不加以注意。字典的印行是在 1850 年，和他的文法得到同样的赞扬。奥森的声誉，立刻成为全国的了。在从前，阿斯边逊、约根·茅、兰德斯泰德、布格对于农民生活，不过有同情而已，到了奥森出来，才真正代表了他们在知识上的自决运动。

奥森所倡导的新挪威语言建设，可说取径有三：一是开发。他认为俗语并不是官话的退化，实则有它的独立性与统一性，因而是值得开发的。其次是要加以美化。美化只有靠有才能的作家之对于语言的运用。最后是促成农民文化之成长。奥森的观点是民主的，他认为农民文化必须自己创造，文化一定要由内部成长，就像树须从泥土深处生根似的才行。

奥森来自民间，始终不爱都市。他死于 1896 年，活了八十三岁。他在语言学上的主要工作，虽然多半完成于四十岁左右，可是他一直工作到十九世纪的四分之三，那就是易卜生与比昂松的时代了。他以工作为他的生命，但也写诗。可是他的性格，无论如何是一个理智的学者，有时对于自己的作家生活便讽嘲着。

和奥森的名字结不解缘的，是阿斯穆恩德·奥拉夫逊·温耶（Aasmund Olavson Vinje），这两个名字之分不开，正如阿斯边逊与约根·茅之分不开然。两人的出身和自学，都十分相似。所不同的，就是温耶比较喜欢社交。温耶生于 1818 年，比奥森的年龄小五岁。他早年所诵读的书也是《圣经》，他能自第一页背到末尾。他幼小时因为社会地位之低而受到的创伤，终生都有着烙印。

奥森虽来自民间，却并不以此为耻。温耶则不然，一直到他最后的二十年还是拒绝民主观念，否认民间文化。他厌恶乡村，因而想过一种海上生活。就在 1846 年，恰是奥森要完成他的不朽的语言学的著作以前，温耶却真正当了水手。他的专门知识并不坏，航海学的考试也得了优等成绩。可是幸而因为疾病，使他只好放弃了。然而他有多方应变之才，海上生活既不如愿，乃改而从事经商。后来又从政，一度失望后，三十岁时遂定居于奥斯陆。短期间内又当了《晨报》（Morgenbladet）的新闻记者。他这时决心要入大学，乃先入了海耳特勒格（Heltberg）的预备学校。这时同学的有亨利克·易卜生。次年比昂松和约纳斯·李（Jonas Lie）也入学了。易卜生比温耶小十岁，但二人有着很好的友谊。1850 年，温耶三十二岁了，才入了大学。他和易卜生，还加上二十六岁的保罗·布顿-汉逊（Paul Botten-Hansen），对于社会都采取一种怀疑而讥讽的态度，在美学上，也持着共同的原则，因而就结合了。出版了一种批评的杂志。这杂志寿命虽不久，却吸收了不少人。例如阿斯边逊就是常客，魏耳哈温只要来时也必予以赞美和鼓励，比昂松是其中的一分子，约纳斯·李也时而参加着。

杂志停闭了以后，温耶又创办了一个报纸。在 1851 到 1858 年间，他写了一千多封通信，共认为是最聪慧的作家。同时他开始研究法律，在 1856 年（三十八岁）考试律师及格。只是他对律师的生活颇不适合，因为他常常对于两告都有同情，倘对不幸而穷困的人施加压迫，尤觉于心不忍。他适合的生活还是新闻记者，风格以讽刺而带抒情味著。可说一直到 1858 年（四十岁了！）他还没找到他可以把全副精力置于其中的工作呢。但这一年他为奥森所倡导的挪威农民的文化运动（首先把语言改造到成为艺术的表现工具上）而动心了。

他决意依照新挪威语运动所给的原则而精巧地使用自己的口语。就在 1858 年，他创办了《谷民报》（Dolen），以他自己崭新的风格出现着。很有趣的是，这不是定期刊。他一旦要出游了，报纸就停止。为补偿起见，他高了兴，就一印便印好多号外。他写山景的许多佳什，都在这报纸中登出。同时并发表了两篇大著，一是《旅途回忆录》（Memoirs of a Journey），一是叙述一个青年人的心灵的抒情诗《栈道》（Storegut）。1862 年，因为一个到英国去考察司法的机会，他写了一部《一个北欧人的英国与英人观》（A Norseman's View of Britain and the British）。从 1865 到 1868 年，他在司法部当书记，因此他和保守派有一些往还。但同时围绕《谷民报》的却是新进的知识分子，终于使他对保守派的政府也不禁施以攻击，最后他就因此又失业了。不久他却得了一个多才而又能体谅的夫人罗沙·乞耳德塞斯（Rosa Kjeldseth）。好像遭天忌一样吧，这夫人在次年却就死了。他悲伤逾恒，在 1870 年的 7 月 30 日，也溘然长逝。但他对于挪威山景的歌咏，却成了挪威人永远的精神上的遗产了！

第五节

易卜生之幼年及其浪漫时代

　　各种条件具备了，于是产生了大天才易卜生和比昂松。先说易卜生，为使易卜生的肖像更清楚些，对于当时的时代背景需要再说几句话。

　　从十八世纪的后半叶，就是一个发明的世纪。这种创造的活动，到了 1830 年左右，让人类经济生活上受了影响。从这时起，由于铁路的建设，由于航行的改良，由于节省时间的机器之大量的援用，让人类生活的一般方式也有了变迁。这个初期工业时代的最大特征，就是个人主义。所谓个人主义，在消极方面，是对于已有的信条渐渐动摇了，而从前所用以维系人群生活的文化机关也渐渐解体了；在积极方面，则是人类经验之深刻化，实现自我之扩大化，对于生活评价的真理和真实性有着一种新要求，而且由于先觉者的唤醒，大家要有一种新天地，来范围新人生。

至于挪威的自由竞争（laissez faire）的工商时代则比较晚。这是因为那些保守派把持政权有很多时候。精神上的强度和创造力量，在这时都是阙如的。然而因为民间文学、民间音乐、民间艺术之兴起，这个民族便意识到有一个更深刻的自我了，这也是不能否认的。

假若老魏耳哈温不算，五十年代的领袖作家乃是历史学者安得雷亚斯·蒙克，这时艺术生活的才能之贫乏也就可想而知了。在当时流行的一种意见，是认为艺术与生活应该截然划分，艺术是不能直接来自生活的，正如魏尔格兰德所说，艺术而接触了感觉经验界的粗俗就会降格。这态度的背后，还有丹麦的许多批评家在支持着（例如在勃兰兑斯之前的约翰·路德维希·海贝格等）。和这种唯美派相平行，还有一种平静的伦理的唯心派，他们以承认现状为先提。世界上的大风暴对于他们，好像并无其事似的，他们只是躲，躲，躲，单怕外界扰乱了他们的平静。

在浪漫主义的颓败中，易卜生挺身而出了。他所坚持的是，人的第一义乃是一个作用着的人格，所谓生活者就是一种和他自己的天性之最深刻处相和谐的、给他自己的个体以内容与意义的创造的作用。这思想可以说是他的宗教。通俗地说，就是人必须忠实于自己！表面上看，这似乎是反社会，反民主的，其实不然；这种个人主义正是社会主义与民主思想的另一基石，大建筑的一砖一瓦不够强，大建筑也要塌！

易卜生的祖上是十六世纪以来沿海经商的富人。血统上大概是丹麦、日耳曼、荷兰和苏格兰的混合。当魏尔格兰德与魏耳哈温在奥斯陆大学入学的这一年（1825 年），易卜生的父亲结了婚。母亲是一个恬静而不喜喧嚣的人，把全副精神用在家事上。他父亲则不然，喜夸耀，爱交际，假若时机好，还要有些排场。他们一共有六个小孩，五男一女。但是第一个男孩生下不久就殇了，所以易卜生变为最长的。他生的日子是 1828 年 3 月 28 日，地方是斯基因（Skien）。他的性格有些特别，人和他难于相处，这在早年就已经看出来。普通的游戏，他觉得没有趣味，他所喜欢的乃是把玩偶加以分类，并做一点幼稚而简单的布景。他很想当画家。他的脾气是暴躁的，在某一个限度以外触怒了他，那时就别想什么人可以接近他了。他的体质并不好，他一方面意识到自己是弱者，但一方面却又抱有强烈的野心。要实现自我，要统治，要权力，要为艺术而不惜生命，这些倾向是早已流露着了。

1833 年的时候，他父亲三十六岁，因为赌博时的孤注一掷，家产全光了，只剩下一个农场。他们不得不离开故居,这使全家的老幼都罩上了一层阴影,而易卜生的感印尤其深。1848 年(他二十岁)在他住的城市吉尔本（Gjerpen）中有一种宗教运动，他的家人全是信从者，但他却以为那是对人类心灵自由之侵害。他因此孤立了，全家都认为他是害群之马。

他离开了家，茫茫然想当医生。于是在格利姆斯塔德(Grimstad)的小镇上，做了药店的学徒。他二十岁左右的生活，困窘到极点。日夜为伍的，都是仆役之流。他几乎到了丧失自尊与丧失对于才能的自信之边沿，然而一种天才作家所独有的坚忍之力终于又救了他。

第一个剧本是用无韵诗写成的《喀提林》(Catilina)，作于1850年，他二十二岁。为他一个好友拿到奥斯陆，要找一家书局出版，并接洽首都剧院的上演。书是出版了，可是销售并不好，只卖了几本而已。这个剧本是富有反抗性的。原因是易卜生这时对一切都不满；而且以他的体质论，向来是面色灰白而紧张，有时白得像冰川，只是这冰川之下却正藏着要爆发的火山的；再加上1848年德国的二月革命，匈牙利的叛变，以及斯莱斯维希(Schleswig)第一次战争等事件，遂使这个剧本产生了。喀提林是一个罗马贵族的名字，这是由于易卜生为预备考大学而在读拉丁文时所见到的。这个剧本虽然不算十分重要，但是那开场时所带出的一种内在强迫性，一种宗教式的无上命令：

> 我必须，我必须！我内部有这样一个声音
> 在我灵魂深处叫我服从，我一定遵循。

这正是易卜生在二十年后所写给一个友人的信的话的影子：

"最要紧的事乃是对自己忠实而且真切。不能说随便这样或那样，一定要从自己性格里，凭理性，决定一个人绝对地必须如何而后可——这就是让一个人必须说：'除此而外，并无他途。'其他一切一切，都会引人到错误。"

喀提林却是不完全的。他处于两个女人奥雷里亚（Aurelia）与福里亚（Furia）之间而不能抉择，这象征他自己精神上的高贵性以及不驯的热情。因为他不能如柏拉图所说把较低的本质隶属于较高的之下，所以他得不到一种个性的统一。他太年轻了，像易卜生一样，还没到成年，还没到获得永恒的灵魂的时候呢。

易卜生的朋友为这剧本的上演所作的接洽是失败了，只是他们并没失掉对易卜生的信赖。1850 这一年，易卜生自己也早就到奥斯陆了，为的是早接近这个全国艺术的中心，好结交些受大学训练的人士，以开一开眼界，他入了老海耳特勃格的预备学校。因为集中精神的用功，所以不久就可以到大学应试了。他像比昂松一样，考试的障碍，没能完全克服；希腊文和数学都不及格。可是他终于入了大学，受到学院派的训练。

1851 年，他仍然保持着一种反抗的态度；这正是他和温耶、保罗·布顿 - 汉逊合出批评杂志的时候，这杂志就已经是自由主义者的色彩了，但他却又认识了当时工人运动的领袖。眼看他有跑入政治场中之势，可是他内心的无上命令又在呼唤他，还是叫他回到文学创造的园地上来。假若他不是找着这个单纯的目的，把他的全人格都放上，又把他的独创性和极强的热度也烙印其中，他恐怕还不会发现他的更深刻更内在的自我吧。因为民族浪漫主义依然是当时流行的势力，所以易卜生也在这个圈子里呼吸了十年以上。在这十年之中，他往往从民间故事、民间歌曲、民间传说中寻找其剧材，同时也由于为民族文化的觉醒所鼓舞，而写一些诗。

易卜生初期的作品都不怎么成功，他之文艺天才是慢慢发展出来的。1850 年，他的第二个剧本《战士的担架》（The Warrior's Barrow）上演于奥斯陆剧院。这时，他不是在丹麦大诗人越伦施勒格尔的影响之下创作着。就各方面说，这剧本不能算比《喀提林》强，只是因为它的幻想的浪漫色彩，博得了群众的欢迎。所谓群众，为数并不多，可是已经有了作用，使易卜生有了在卑尔根剧院工作的机会。那规定的工作便是每年要有一个新剧本，这逼着易卜生发展了天才，次年作《挪尔玛》（Norma），并签订了一个出国五年考察演剧技术的合同。

1852 年作《圣约翰之夜》(St. John's Night)，1855 年(二十七岁)，作剧本《英格夫人》(Lady Inger)。从内容上看来，这剧本有点和《喀提林》相关联。英格夫人也是受有一种使命，可以上侔造化的人，可惜统治她的那种意志不能始终完整为一，所以她失败了。

比《英格夫人》更带有当时民族浪漫主义的色彩的，是在 1856 年的两个剧本：《奥拉夫·黎里克朗斯》（Olaf Liljekrans）和《苏尔豪格的宴会》（The Feast at Solhoug）。这两个剧本的空气可说都是中世纪的弹词。

《苏尔豪格的宴会》颇受欢迎，易卜生之得到全国的声誉就是始于这部书。时代的转变，这书也不啻是一个消息。这本剧原是戏为模仿斯喀夫兰（Skavlan）的《麦尔拉霍格之宴》（The Feast at Maerrahaug）而作，群众之欣赏它，不啻是对于他们自己所一度喜爱这物，有了一种嘲笑那是过去了的东西之机会而已。原来浪漫主义已经到了尾声！

就在《苏尔豪格的宴会》上演于卑尔根的时候，易卜生认识了奥森的朋友陶雷逊（Thoresen）牧师。陶雷逊的后妻玛格答凌·陶雷逊（Magdalene Thoresen）是一个有文艺天才的女性，她对于易卜生很有好感，最后就把易卜生邀请到他们家里了。因此易卜生认识了陶雷逊的前妻之女苏散纳·陶雷逊（Susanna Thoresen），后来在 1858 年（三十岁）六月同她结了婚。

1857 年的 9 月，隔他结婚还有九个月，他回到奥斯陆，就了挪威剧院的指导。他得到这个职位以后，就自动地以抗拒丹麦影响为事，谋国家戏剧的建设。他那剧本《英格夫人》及在 1858 年写的《海盗》（The Vikings）在卑尔根的上演，已使他跻于像比昂松样的名作家之列，承认他是为文化自信及独立而奋斗的领袖之一了。这时比昂松继任易卜生在卑尔根的工作，他们俩并肩前进，在互相欣慕的友情里努力着。1859 年，易卜生的儿子西古尔德（Sigurd）生下了，就请比昂松作为这个婴孩的教父。

易卜生在奥斯陆做挪威剧院指导的五年间，他的民族思想表现在各种活动里。他虽然不爱社交，虽然对着群众的活动老是抱着怀疑，可是他在 1859 年的 11 月，却发动组织了一个挪威社（Norwegian

Society），即为的是促进文学与艺术中之民族成分。比昂松是这社的社长，许多领袖人物都参加其中。那些语言改革家也慢慢发现易卜生是他们有力的支持者了，因为易卜生就是直然采用近于新的挪威语的风格而创作的。以上是他的少年时代，在这一时代一共作有浪漫主义的剧本八个。

第六节

中年以后的易卜生及其写实主义

易卜生终于是不能把全部心血放在民族运动上的。况且他不是一个善于煽动的民众领袖，在性格上他对于民主的大众也没有信心。他所侧重的，还是在改造人类的心灵，让人对于生活更忠实些。所以在他参加挪威社的同时，他就仍和未来的一些保守派的主要分子有着过从了。其实远在他和温耶、布顿－汉逊办杂志的时候，他就已经结交了一些常在布顿－汉逊书房里的朋友，他们都是站在一个超然的地位，和比昂松一群大异其趣的。

无论如何，易卜生在五十年代到六十年代的交替期间，是他的一个精神上转换的试验期。他经济上极为困窘，因为奥斯陆的挪威剧院在这时倒闭了。他又到了怀疑他的才能和使命的时期。1860 年（他三十二岁了！），比昂松和温耶都得到了政府的资助，而易卜生却毫未被考虑！次年，他就病了，神经也衰弱，邻于疯狂。他有时想到会终于自杀。有一次，他的太太苏散纳没有看顾好，他就中夜奔跑出去了，自己完全不曾知觉。

　　他这在三十多岁的时候所经过的挣扎，把他内心的富源和他性格的明晰轮廓，以及精神上的强度，都开发出来了。凡此一切，都在他从出版《爱情的喜剧》（Love's Comedy）起，那是 1862 年，到出版《罗斯麦绍耳姆》（Rosmersholm）止，那是 1886 年，中间所作的十二本戏剧中表现而出。这十二本戏剧，都是异常地精力弥漫之作，其中的大部分已成为世界上不朽的典籍。

　　要想明白易卜生的著作，只有一句话，就是实现自我。所谓实现自我，就是发现自己的生命作用，也就是发现自己的终生事业。在易卜生看，这等于发现一个人的灵魂。所谓个性者，就是发自一个能够发出和自己本质上最内在最深刻的原则相符合的作用的有机体之气味而已。目的决定方向，所以目的最重要。一个理想的目的乃是永恒的。实现自我与放纵自我不同。这种有作用的有目的的生活乃是一种有训练并纪律的生活，不过训练与纪律不是由外而是产自内心，只有所谓"我必须，我必须"，才行。所谓自我，也就是真切而忠实，此外并无他义。所以易卜生说："非有为自我而牺牲之心，必不足成其为自我。"这种生活自有它的快乐，因为快乐都是由于那和自己的本质深处相符合的律则与力量而产生的。

由于易卜生的人格之严峻并个性之强度，他把成为作家这个事看得很郑重，他说："当一个诗人，就是要受十字架的磨难。"易卜生的生活是不能平衡的，他每每执着一点，而勇往直前。倘有触犯，就怒气冲天。因为早年的自卑情意，简直使他对于诽谤与侮辱的恐惧成为变态的。他很想经济上独立起来，所以当他看到他的名望之渐增，就好像有一种稚气的欣喜了。不过在他内心，另有一个自我的生活，这就是表现在他的作品里的。他内心并不是一个火炬，而是一座火山。那火山时刻在锻炼自己，把一切杂质和不真正的货色全行除去。那火山又不只锻炼他自己而已，也锻炼着全世界，正如他所说："对于你自己真实，那就像有日必有夜一样，跟着来的是你不会对任何人虚伪。"

挪威剧院破产于1862年的夏天。易卜生贫乏不能自活，这样有两年之久。他那内在的火焰却因此更要燃烧了，他的许多大作品正都是这种情感下的出产。他觉得社会上并不许一个人实现他的真正自我，并不许一个人有发扬他自己的超特的作用的机会。

代表这种观感的剧本的第一部，就是方才所说的《爱情的喜剧》。有人讨论过这书是否是反对那样的婚姻。其实易卜生并不在乎某一种婚姻，而是反对一切婚姻；扩大了说，乃是反对一切妨碍发展的制度；也不是制度本身，而是制度上附着的一切形式。易卜生认为婚姻乃是把爱情葬送在经济要求的深渊之中的，婚姻把诗意打倒了，留下的只是职业问题而已。他更说社会上一切制度所给人的责任，都是不让人们为艺术而生活着，都是剥夺了一个人的终生事业，都是阻遏了一个人的创造才能并其发展，简直窒死了一个人的灵魂的。当然，易卜生是诗人，他在作品里，不会说这样多，然而意向却是如此的。

易卜生的《爱情的喜剧》颇遭了一些讥评，但他终于很满意，因为他到底一无顾忌地畅所欲言了。1863 年的夏天，他又很高兴，这是因为他到了卑尔根，同比昂松很盘桓了些时，他很感到比昂松那种囊括一切的力量，颇配称为一个理想的领导人物。他回到家以后，就专埋头于抒写自己情调的剧本《觊觎王位的人》（Die Kronprätenden'en）的制作了。这书完成于 1864 年，他三十六岁。这是易卜生取材于斯堪的纳维亚历史中的历史性的浪漫剧的顶点，其苦闷之深颇像莎士比亚同类的作品，但技术上则迥异。这个剧本是写一个天赋颇高的人，只因为没有信仰，而不能实现自己。实际上这虽然是一个伟大的剧本，可是在当时并没得到他应得的声名，甚而连经济的窘状也没有减轻。可是不久，救济就来了，他在 1864 年得到了一种到外国去的资助，他于是到了意大利。此后，他一直经过了十年，才再回到祖国。

他自奥斯陆出发，经过哥本哈根而至柏林。这时正是普鲁士丹麦战争的时候，当他到了德国，就听见德国胜利的消息，迨他步入德国的首都，更看到所掳获自丹麦的胜利品，他这时便心碎了！他本来是主张"泛斯堪的纳维亚主义"的，但他看到瑞典和挪威对兄弟之邦的败绩一点也不赴援，他就为这背义和怯懦而悲愤着了。他这种感觉本来有，他之出游原已是等于自动的放逐，他由意大利，而巴黎，而埃及，无非是想减淡心上的阴影。他后来固然变为泛日耳曼主义了，但 1864 年的易卜生对丹麦之败，却极为激动，这曾烙印着他一个时期的作品。他很想把他的全部思想一齐表现出来，同时他又想指示给国人一种十字军式的牺牲的豪侠精神，以衬出他们自己的萎缩无勇来。由于意大利的艺术及南方气候的刺激，以及他自离开祖国后所感到的一种久已渴望有自由，遂使他仿佛获有一种奇特的灵感。于是使他在三十岁到四十岁的中间，出版了两部纪念碑式的作品：一是《布兰德》（Brand），作于 1866 年（三十八岁），一是《培尔·金特》（Peer Gynt），作于 1867 年。

布兰德本是一个十字军的战士，他曾用全力奉献到他的工作。其他一切的一切，他都牺牲而在所不惜。然而布兰德却仍然失败了，这是因为他对爱情的因素又没处理好，而失却了平衡。像一切大悲剧一样，悲剧不系于外在势力而系于心灵的自身。《布兰德》代表易卜生深受克尔凯郭尔的影响，那个不顾一切的理想主义的英雄，就是穿壁而过，也不惜头颅者，但是却终于失败了！在《布兰德》之强烈的个性以及孤立上又是《人民公敌》的前身，不过更强调些而已。

和布兰德可以作一个对照的，是《培尔·金特》。培尔·金特从不正视生活的现实，他东撞西撞，从不忠实于自己的事业。他是一个梦游者！可是易卜生似乎觉得任何人也有一部分的灵性吧，剧里写他对别人也有一点好影响。这个剧之所以动人并不在其中所讨论的道德问题，而在培尔之幻想与古怪行为。更因为配上爱德互尔德·格雷歌（Edvard Grieg）的音乐，使这个剧本分外出色，那魔力一直到现在，就像那刚产生的时候之一样魅人着。

在 1867 年印行《培尔·金特》以后不久，易卜生很思乡。他的儿子已经八岁了。1868 年，全家移到德国的德雷斯顿（Dresden），他自己也没想到，在这儿住了七年。夏天他曾到过阿尔卑斯山，次年到过瑞典，又曾到过埃及，为的是代表参加苏黎世运河的开幕。1870 年，他到了丹麦。一直到 1874 年，挪威却没有回去过。他所作的《布兰德》及《培尔·金特》，可称为思想剧（Gedankendramen）。他在德雷斯顿所住的期间，却又写了两个代表转变的剧本：《少年党》（Bund der Jugend），《皇帝与葛利莱尔》（Kaiser und Galiläer）。前者代表他的新方向，后者结束他的已往。

易卜生第一部用散文写的剧本《少年党》作于 1869 年（四十一岁），是对于政治煽动家的一种讽刺。其中的主角斯顿斯蛤尔德（Stonsgaard）在许多方面，都很像是另一个培尔·金特，所差的只是他缺少后者的幻想，因此他也就不如后者有声有色。这本剧的本身价值并不大，其所以重要者只是因为它是易卜生许多社会剧（Gesellschaftsdrama）的起点。自然，严格地说，《爱情的喜剧》也可以算是有一点征兆了。易卜生的转变，颇像《建筑大师》（Baumeister）中的主角索尔尼斯（Solness）所说，他现在不再做耸入云际的教堂了，却要建造人们可以居住的房舍。这个转变，简单地说，就是由浪漫主义而至写实主义。就时代背景上说，这是由于十九世纪中叶科学与工业发达的结果，跟着社会变动了，因而社会问题也跟着侵入到文学作品里来。就艺术上说，便是作剧的人再也不以诗意为重，而是把真实的人生搬到舞台上来了，让看戏的人不再是旁观地享乐，而是觉得角色即自身，看了后，也便装满了一些实际的问题，觉得须待解决了。

《少年党》是新的开始，而作于 1873 年（四十五岁）的《皇帝与葛利莱尔》就是旧的结束。《皇帝与葛利莱尔》主要的是启示异教徒的审美态度与基督教的伦理理想之对立，并预示二者（也就是美与真）之可以合而为一。易卜生所谓异教徒，是指人本主义，是指现世界之美，是指以生命作为一个积极而美好的冲动力；所谓基督教，乃是指那种对于超自然的秩序的一种理想之绝对屈服。他所想的未来的第三帝国（ein drittes Reich）是一个个人自由的世界，基督教的神圣性的束缚虽然仍在，但那是出于人的自由意志，让一切外在的胁迫都成为多余的，让一切制度都以人类的心灵为出发。这个世界其实也就是一个超人的世界。在这个世界中，人人都是肉体的上帝，神性不唯不是肉体的否定，而且是生命之更内在的本质之确认。这是一个贵族的民主社会，一切人的活动都是自发的并创造的。

易卜生很爱这本剧，每每坚持是他的杰作，但是批评家多不以为然。自然，这个剧本是易卜生所渴望了十年的能够代表他的理想的一部巨著，费的精力确是不少；不过在别人看，易卜生并不能控制他的题材，他好像只是因为十年来的重担太压得慌了，只图卸去了便算完了。以代表易卜生的人生哲学论，这本剧自然再重要没有，但当作一部艺术作品论，则整个上缺少光辉和强度。全剧在第一部的最后一场，那种戏剧性的高度，也许是易卜生在以后从来不曾到达过的，但是那第二部，就像当时的一切历史剧所犯的毛病似的，乏味的细节和无意义的对话便都太多了。

当他完成了《皇帝与葛利莱尔》以后，四年间一本剧也没写。他的名誉越来越大，收入也好起来。他初年的作品，征购者仍然很多，他于是就忙着改订的工作。1871 年，他出版了一本诗集，其中大都是重新改作。他从来不会让一个作品在他尽了他最大的努力，认为已经止于至善以前，去付排。他的天才的最大特点就在能够把握一个题材久久不放，一直能够用他那极其集中的精力，把所想象的人物情节弄到就像真实的人生中那样真切清晰而后已。

1875 年（四十七岁），他离开德雷斯顿而至慕尼黑（München）。他在这里住得蛮合适，觉得比在德雷斯顿好。一直到 1880 年（五十二岁）之赴罗马，他都定居于此。在 1878 年，巴黎的国际美术展览会开幕，易卜生恰纪念他的五十生辰。在精神上，他却依然年轻，欧洲一般的新文化与新艺术潮流，他都有着同情的敏感。

在慕尼黑住的一个期间，他写了两部社会剧：一是《社会支柱》（Die Stützen der Gesellschaft），一是《玩偶之家》（Ein Puppenheim），前者作于 1877 年，后者作于 1879 年。当时比昂松以 1875 年的《破产》（A Bankruptcy）一剧为始的写实主义出现了，加之丹麦批评家勃兰兑斯的提倡，易卜生就把他的巨锤施向社会传统，来试试它们是否在人类福利上是有它的真价值了。在《社会支柱》中，他还是充满希望的，真理的力量还在若存若亡之间。所强调的只是"目的好，一切就好"（Ende gut-alles gut）。那戏剧的末尾也还有一些伤感的趣味。但《玩偶之家》就没有这样软心肠了，在这里，他是测验到了在群体生活中的一种基本制度，那就是婚姻，他要拆穿社会与道德传统究竟是什么面目。当娜拉发现她在家庭里不过是一个玩物，在这样的生活里毫无实现自我可言，再住下去的结果只等于自己灵魂的损伤，她于是出走了。在这里，作者表示任何人，不论男女，都有一种自发的灵性，压迫了它，就是一切不道德之尤！没有问题的，作者大概相信女人比较更能自发一些，更多具些直觉的灵性，只是在男性权威社会中少有实现自我的机会罢了。然而这在作者还是次要的，他的思想的中心仍在要求自我之认识，及其表现与生长。《玩偶之家》使易卜生成为生存着的最伟大的艺术家了；撇开思想不谈，它的技术也是让戏剧文艺又开了一个新纪元的。这本戏，有它的生动，有它的强度，作者把从前那种一览无余的技术丢弃了，把莎士比亚式的以渐增渐强的动作为根据的结构也不要了，那一切必须事先说明的事实却完全以回想的对话出之，就这样便达到结构上最后的顶点了。

自从易卜生回到意大利以后，他的心思越发集中在内在的权威与外在的权威之关系，大我束缚与个人自由，独创性与社会训练等问题了，他慢慢看到真正阻碍个人自由的并不是那些看得见的社会制度或条文，反之，却毋宁是那些已往的担负，这就是，宗教与道德观念，无知与迷信，种族的以及国家的情感，体质的和心灵的倾向等。因此，他于 1881 年，作《群鬼》（Gespenster），时年五十三。这本剧是写一个不自主的婚姻的。其表现之完整与强烈，对于人类生活问题之恰中核心，可说自来剧本，无出其右者。在现在，这剧本是没有问题地伟大了，但在当时八十年代之际，却对于社会上的伪善分子不啻是一个触犯，易卜生被人列为赤裸裸的自然主义者，以为是法国左拉的同党。剧本的销售不唯不与作者的国际声誉相称，就是剧院也拒绝它的上演。

易卜生在愤怒之余，因而于次年作《人民公敌》（Volksfeind）。在《人民公敌》中，他对自由派与保守派同样攻击，因为二者无非是同样说谎。由于那个医生斯多克芒（Stockmann）之发现本地浴场有传染病菌，要加以改良，反被诬为国民公敌的经验，可知一切为人类谋福利的先知先觉者都是被误解与被虐待的，他们牺牲的是性命，所获得的却是唾骂！

《人民公敌》写出以后，易卜生的社会剧告了一个段落。他又开始转而追寻到自身了，他开始审问自己是不是一个忏悔的宣教师，是不是一个宣扬不可获至的理想的预言家？ 1884 年，他五十六岁了，作《野鸭》（Wildente）。这时作者已在轻蔑之中，透射了慈祥。那种巨大的改革热诚是过去了，人类也不过是这么回事，大多数人是生活在幻影上，人类太脆弱，内心并不足以担负自由的重任，外界的支柱和维系还是需要的。在那想要改革的理想主义者与以说谎为生的普通人斗争之中，那无辜与美丽的小花当然不足以自存，就像大战之际，那从弹壳洞里出生的紫罗兰是终于要枯萎了，这就是最大的悲剧！

　　1885 年的夏天，易卜生夫妇都回到了挪威，重新光顾了奥斯陆、卑尔根各地。他们的儿子西古尔德已经二十六岁，在外交界上任职，后来当了外交部长。故国依然使他厌倦，他于是在 1885 到 1891 年，又到了慕尼黑。1886 年，他五十八岁，作《罗斯莫庄》（Rosmersholm），这是他最后一次重又提及人生问题了。其中所说的虽然仍是贵族的保守派和激烈的攻击派的斗争，然而这斗争已由社会变而为心理的了。罗斯莫是对于旧思想已失却信仰的牧师，并且抱有自由观念的贵族。莱白喀·魏斯特（Rebecca West）则是一个飘荡的女激烈党。罗斯莫受了莱白喀的影响以后，一方面是心胸解放了，但他那优美细弱化了的情感生活却依然存在，因此他的人格分裂了。同时莱白喀虽然一向在解放着，但自从受了罗斯莫的影响，她的遗传的贵族感觉也觉醒了，因此她的人格便也分裂了。结果是二人的生命都在最近的瀑布中找到了归宿。这种人格分裂的痛苦，就是我们这个时代的痛苦。从社会的心理的方面论，《罗斯莫庄》也许是易卜生的剧本中之最深刻的。以上是他第二个时代，作有剧本十二篇，其中的特色是社会剧、思想剧和写实精神。

第七节

易卜生之晚年

易卜生到了晚年了！易卜生之二次居慕尼黑，人类潜意识的力量渐渐抓住了他的注意力。和潜意识相连，他更注意到了遗传，自然环境，以及生活中其他不可触知的所在等。这种情调，就是汪洋大海吧。于是他在 1888 年（六十岁），作《海上夫人》（Die Frau vom Meer）。有人说这剧的主旨是在讲"有责任的自由"（Freedom with responsibility），有人说这剧是在冰冷地叙述一个处于两个男子之间而无所抉择的妇人，我看都是，都不是。因为这个剧复杂得很，其广似海，其深也似海，这两种用意固然有，但并不止于此。其中写那前妻的女儿与后母之敌对，似乎是弗洛伊德的心理学的证明；其中林格斯兰说女人帮助男子完成事业之快乐，似乎是提示女子的责任与出路；其中艾梨妲说人不能虚伪，不能欺骗自己，似乎是又强调易卜生的个人主义的中心思想；然而比这一切更重要的却是一种讽刺和抒情，以及一种极幽深的人生智慧。所谓讽刺，就是指人的惰性，人一变成陆上动物了，就不能再归海上；人和鱼精在到了陆上而不能回去的一点上是相同的，只是鱼精干脆死掉，人却把陆上的生活适应了。所谓抒情，是说人在灵魂的深处总有一个可怕而诱惑的东西，它的性质像海，恐怕也就是易卜生时时想望着的一个大海。所谓极幽深的人生智慧，乃是说这个诱惑是不能逼近的，一逼近了，就变为平凡，再也没有诱惑的力量了！我想至少它的意义是这些层，如果只看为问题剧，或社会剧，那就太表面了。至于它的技术，那就更像金屑一样，随处都是闪闪的光泽，在逼射人的眼睛，我们在这里要说还说不完呢！

过了两年，易卜生作《海达·蛤布勒》(Hedda Gabler)。这是一个妇人的悲剧，但这时的易卜生既不是攻击传统，也不是反对社会上伪道德了，海达的悲剧乃是在于她自身。海达未尝没有高尚的性格和上等的教养，可是她是空虚的，因为她没找着她努力的事业。

1891 年，易卜生六十三岁了，重又回到奥斯陆，度他最后的十五年的余生。他的性格是艺术家，于是最后四剧都是写到他那艺术家的心灵的。他于1892 年 (六十四岁)，作《建筑大师》(Baumeister)。诗人青春的火又在这里作了最后一次的燃烧了，索尔尼斯 (Solness) 大建筑师，他本来已经不能造伸向自由的天空里的高高的教堂，他改而造住宅，他时时在怕后辈，可是因为温盖尔·希尔达少女的来临，他又重新鼓起勇气，把花圈挂到最高的信风旗上去，于是摔了一个粉碎，当场死了！多么诱惑的青春呵，大匠为青春而牺牲了！像一切最伟大的作品一样，其中寄托着一种崇高而难近的情感。这是可以和《海上夫人》媲美的抒情之作。

1894 年（六十六岁），作《小艾奥耳夫》(Klein Eyolf)；1896 年（六十八岁），作《约恩·蛤布里耳·保尔克曼》(John Gabriel

Borkmann）。这两个剧本比较都不很重要。重要的乃是他最后一个剧本《当我们死人再醒时》（Wenn wir Toten erwachen）。这剧本作于 1899 年，易卜生七十一岁了！他写这本剧时，恐怕是意识到是在作着自己的挽歌了！在这本剧里，作者似乎在静观着自己的一生：一个真正艺术家太埋首于自己的工作了，于是让他常常忽略了生命本身的实在。同时易卜生有强烈的悲观色彩，——这和歌德很不同，那剧中的雕刻师鲁白克（Rubek）所说："人类的愤怒和王冠，我都憎恶，我宁愿逃向黑暗的森林"，很可以代表他的心情。易卜生的晚年作的剧本一共是六篇，特色则是象征的，并抒情的。

易卜生的死年是在 1906 年，差两年不到八十岁。在他七十岁的诞辰，铜像已立在国家剧院，死时是举行的国葬，他光荣地死了！以一个戏剧家论，他创作了二十六部巨著，站在挪威文学的顶点。即单以一个赤裸裸的人论，因为他把他的一丝一毫的力量都用之于创作，无一笔松懈，无一笔不为热情所灌注，这使任何只想努力一半的人都觉得惭愧，也使关怀人类前途的人将予以永永不绝的喝彩！

易卜生的剧本的长处，在人物则是独创的，结构则放弃了以前情节展开的老套，使对白在戏剧中发挥了最大效能。易卜生以前，挪威的戏剧所用的都是丹麦文，易卜生出来，挪威才算有了自己的戏剧。由于他在德国居住之久，他不啻已是德国的作家之一，他继续了德国赫贝耳（Hebbel）一般人的传统，又下开八十年代的自然

主义的先河，他已经成为德国文学史中不可缺的一个桥梁了。这是
使人在研究德国文学史时所不能忽略的。至于他在其他国家的影响
也是不可计量的，例如瑞典的斯特林堡，英国的萧伯纳、高尔斯华
绥，意大利的吉亚考萨(Giacosa)，西班牙的培纳文德(Benavente)，
哪个不是承袭着他的余泽？易卜生以戏剧著，但也写诗，下举《在
果园中》一首，以见他作风的一斑：

在那明艳的果园的围墙，
有流莺翔舞而歌唱，
她也不管咆哮的秋风
就要把春天的美景断送！
红而又白，盛开的苹果
为了你，把酷热的天空掩遮——
任花朵飘落，飘落，飘落，
在草地上慢慢飘落！

你可留心到那些成果
当花开的季节？
你可追寻或伤心
那些逝去的时刻？
你可让那稻草的声响
压过一切快乐的字样？

兄弟呵！却有一种更好的音乐

那就是百鸟的歌。

从你那满载的花园以内

你可捉到过悦耳的画眉？

她会拿她嘹亮的歌喉

作为你保护她的报酬。

你结的果子少而且迟，

不碍事，胜利还是你，

要知道时间是在飞跑

花园的门将会闭牢。

我用我的歌唱，我用我的生活，

我将要把篱笆卸下，

我把草扫一扫，把花堆一堆，

任它枯萎，变白，变灰；

打开栏栅呵，让牛羊进来

捡最爱吃的就喂；

我把花折了，管那

尽余杯的是谁！

第八节

比昂松与挪威的民族主义

在魏耳哈温和魏尔格兰德的时代，挪威就已经为一种国家情感所笼罩了。林德曼（Lindeman）、吉鲁耳夫（Kjerulf）、挪尔德拉克（Nordraak）、格雷希（Grieg）建设了挪威的音乐；而提德曼得（Tidemand）、古德（Gude）则在他们的绘画中也强调了民族的特色。

这潮流一直接续下去。后来的民族运动与三十年代不同者，只是在前一段落偏于理想，偏于文字，而后一段落偏于实际，偏于行动而已。这新的民族运动可说是有双重阵线，一方面他们是为那一面没有宪法权利的人而斗争，一方面他们是在打击那已经没有生气了的浪漫派，而要求生命本身之更自由并更充分的表现，这就是写实主义。他们在政治上的领袖是约翰·斯费德鲁普（Johan Sverdrup），后来他在 1884 年当了内阁总理；他们在学术上的领袖是十九世纪后半叶的大历史家、也是温耶的朋友、并魏耳哈温的侄子的艾恩斯特·萨尔斯（Ernst Sars）；而这运动中的文艺天才则是比昂松（Björnstjerne Björson）。

比昂松和易卜生有好些不同处：易卜生把生命的实在总是向自己内心里去追寻，比昂松却是向外的，他很愿意有群众，他很愿意感到那些鼓励他、赞美他的人们之温情。易卜生的天才的特点是一种强度，比昂松却是像一道虹似的，他有丰富的抒情之美，他有戏剧的才能（但他天生是一个演员，比当一个剧作家更合适，所以他是当时国内无可比肩的演说家！）。他的小说在当时是第一把交椅，他之为民族领袖，之在文化上的功绩更完全不能计量！易卜生是国际的，比昂松却是民族的。在这一点上，他们之不同，正如魏耳哈温之与魏尔格兰德。比昂松对于一般欧洲文学的改革上，可说很少意义，但对于挪威精神生活的改造以及树立一种挪威精神（Norwegertum），让他可以参加欧洲的文化巨流上，却是意义无穷。所以比昂松到了晚年，有挪威无冕之王（Norwegens ungekrönter könig）之称，是应该的。易卜生的思想，都表现在那些悲观的沉思者上，例如《觊觎王位的人》中的亚尔·斯库勒（Jarl Skule），以及《当我们死人再醒时》的鲁白克（Rubek）。都是比昂松的化身，则是一些精富力强的有着挪威农民血液的志士。假若说易卜生最后是一个悲观者，他之一切真理的寻求，在最深的根源上，都因为他是一个理想主义者，则比昂松彻头彻尾却是一个实际主义的所向无敌的乐观派。

比昂松生于 1832 年 12 月 8 日，比易卜生小四岁。他的父亲是一个牧师，性格迟缓、静默、忧郁而固执；他的母亲则是一个愉快、而有些艺术本能的女性。他本来生于克维肯（Kvikne），在他五岁的时候，随着父亲迁到挪威最美丽的山谷罗姆斯达耳（Romsdal），他们的家庭一直住到 1853 年。这地方有它的倔强，有它的情感，有它的温柔，这都给我们的诗人以不可磨灭的印象。他在小时候就有为自信而奋斗，必须有所成功这些念头。儿童时即成立了一个团体，对于女孩则加以拒绝。他的父亲却很不懂教育法，有一次带他去看死刑，为的是让儿子晓得任性的人之下场，可是这只有让比昂松有着反感。他的性格和魏尔格兰德有些相似，冲动而容易爆发，一切规律，都有所不耐。他所受的训练，完全是自己内心的。他每为自己的生活目标而努力着。

十二岁入了拉丁学校，功课并不好，可是已显示他有鼓励旁人的能力，并善于组织和领导了。1848 年的法国革命，他十六岁，像易卜生一样，颇为激动。他第一次在报纸上发表文章，就始于此年。次年，他不耐学校的拘束，遂离去。

1850 年，他入了奥斯陆的海耳特勃格预备学校，逢到了易卜生、温耶和约纳斯·李。这时他十八岁。四人之中，温耶最年长，也最博学。然而比昂松不久就成了他们的领袖，而且最早成名了。他在这预备学校有两年，读了一些他爱的作品，就中有越伦施勒格尔（死于 1850 年），及魏尔格兰德（死于 1845 年）等。他决心要当一个作家。1851 年的时候，他就创作了一个剧本，名《瓦耳勃格》（Valborg），已为奥斯陆剧院所接受，但是他自我批评的结果，认为没价值，又收回了。这一年他十九岁。1852 年，他就进了大学了。

他像易卜生一样，进大学不过是为度一度学生生活，他的性格决不适宜于做严重的学术工作。不久就离开了学校，当新闻记者。从 1854（二十二岁）到 1856 年（二十四岁），他就为剧院所雇用，写着奥斯陆各报纸的批评文字。

在 1854 年的 1 月，他发表过一篇文字，指示他自己认可的一种文学运动纲领，认为全国应该遵从。其中要义是反对一切装饰与伤感，无论这个民族的理智生活或艺术生活，都要求更有生气些，更英武些，更男性些，一定要是人民的文化经验中之最深刻最真实的成分之创造的并有力的象征而后可。其实他这意思只是在九年以前所死去的魏尔格兰德的意见之补述：诗人应该是一个先知，他应该把民族的理想与自身合而为一，他应该由艺术而教育他的大众！

年轻的比昂松因为崇拜魏尔格兰德（1808—1845），于是也崇拜魏尔格兰德所崇拜的雨果（1802—1885）。他后来在 1903 年（七十一岁）时曾说："在他那光辉的想象力之中，那过剩的生命感觉给了我们以光彩与声响。许多人谈到他的缺点——然而在我估价起来，所有他的缺点都被他自身中的巨大生命之力所一扫而光了！"这话是专指雨果的，但也可以用在魏尔格兰德身上，同时可以用在比昂松自己。

然而比昂松自我训练的结束，却把那力量潜藏了，潜藏了的生命之流乃作为了灌溉人民生命的源头。在比昂松为报纸写评的两年半的学徒时代，却也写了一些农民小说。他的批评才能，可于 1856 年之评易卜生的《苏尔豪的宴会》见之。可是他的第一部像样的作品，却要算以独幕剧《战争之间》（Zwischen den Schlachten）始。

《战争之间》也作于 1856 年，他二十四岁。它的取材是挪威历史上十二世纪的一个故事，然而他所处理的问题完全是现代的，他作这篇东西的时候只费了两个礼拜，其主旨在说明十九世纪之民族的民主运动实根源于挪威传说文学的时代（saga times）。《战争之间》并不是多么重要的作品，假若说有点意义，也就只在它是第一次想把传说文学时代的挪威历史重建起来这一点而已。

自此以后，比昂松的十六年的生涯（至 1872 年），可称为他的传说文学及农民浪漫主义时代。他又像魏尔格兰德一样了，想把挪威的传说时代和现代的挪威联系起来，为的是让人民知道民族的生命是一贯而且统一的。为实现这个目的，他交替着写剧本与小说。他的戏剧多半是历史的悲剧，他的小说多半写当时挪威的农民生活。挪威的农民就正是传说文学时代的嫡系，他们正常常是乐观的男女，以和悦终其生。这样的小说的第一部就是在到哥本哈根时着手的，而完成于 1857 年夏天返奥斯陆之际，名字是《辛奴维·索尔巴肯》（Synnōve Solbaken）。这是一部划时代的东西，其中所写的农民，就直是约根·茅和阿斯边逊所收集的童话中的人物似的那样真切，这是前此所未有，而且挪威小说一类文学的兴起，也不能不以此为嚆矢。

《辛奴维》出现的这一年，易卜生离开了住了五年的卑尔根到奥斯陆去了，于是比昂松继续了易卜生的工作。比昂松在卑尔根的两年半，领导戏剧的工作很好，但很少创作，就是那不十分有意义的剧本《哈耳特 - 胡耳答》（Halte-Hulda），以及农民小说《阿尔内》（Arne），前者作于 1857 年，后者作于 1859 年，那腹稿也都成于居哥本哈根之日，不过此际完成之而已。然而在政治上，他在约翰·斯费德鲁普领导之下，却十分活跃。后来挪威有一个国会式的政府，就发轫于此时。

1858 年的夏天，比昂松认识了一位女伶喀鲁林·莱默尔斯（Karo-line Reimers），这女伶年轻，有才，而且富有生命力，他们相爱了，不久就订婚，这年的九月就结为永久的伴侣，一直共同工作了五十年。他的《辛奴维》的印行，使他的声誉大增，同时因为他的歌《是的，我们爱我们这块土地》（Yes，We Love this Land of Ours）出来，更为一般人所爱戴，这歌后来竟成了挪威的国歌了。

然而《阿尔内》这一小说的出现，却惹起了极端保守派的恐怖，指为堕落的自然主义，就是温耶也作了恶意的批评。那情势的恶劣竟使他太太在生产过后就病了。可是比昂松的勇气是十足的，即于 1860 年著《一个快乐的孩童》（Ein fröhlicher Bursch），主旨是说一个真正领袖一定要肯受苦和肯被误解才行，他的精神即训练于危难之中。《一个快乐的孩童》使他的名誉又恢复了。这一年并得到政府的资助，使他旅行于德国、意大利各地。

他之居罗马，适以挪威名历史家蒙克也在那儿，于是让他对历史有了些创见，写了一些历史剧。他于 1861 年作《斯费雷王》（König Sverre），于 1862 年作《西古尔德·斯莱姆勃》（Sigurd Slembe）。作后者的时候，年三十了。《斯费雷王》不能算重要的作品。《西古尔德·斯莱姆勃》却被许多人认为是最优美的东西。

1862 年的秋天，他回到北方，在丹麦过的冬。1863 年的 1 月，他到了巴黎，但在法国的时间很短，怀乡病让他离开了。这一年的四月，他回到奥斯陆，在这里差不多住了十年，一直到 1873 年。

从 1865 年的元旦，到 1867 年的夏天，他担任了奥斯陆剧院的经理。关于训练演员，造成民族氛围，以及建立国语的舞台对话，他都尽了大力，他在职的几年，成了那剧院的黄金时代。

比昂松像易卜生一样，对于历史剧的兴趣，渐渐为社会的写实的倾向所代替了，不过中间需要一个转换期。先是在 1864 年，比昂松完成了多年所计划的历史剧《玛利亚·斯吐瓦尔特》（Maria Stuart），于是在 1865 年作了一个社会剧的试探，这便是《新婚》(The Newly-Weds)。《新婚》所写的是一个由女儿而至妻子的新婚妇人的人格。这本剧和次年所作的小说《铁路与墓地》（The Railroad and the Cemetery），都是写父与子的冲突，也就是保守势力与自由势力之决斗的。他之用墓地为象征，无殊于易卜生之用群鬼。比昂松除了在 1872 年一度写爱国的娱乐剧《十字军西古尔德》（Sigurd the Crusader）外，他对于历史剧是搁笔了。他的浪漫时代就这样到了尾声。

因为意见的不合，他在 1867 年脱离了奥斯陆剧院。这时他仍旧任了《挪威民众报》（Norsk Folkeblad）的主笔。这事原是 1866 年的春天就开始的。1869 年，他和约翰·斯费德鲁普过从更密起来，于是形成了挪威政治史上的左派。单就艺术而论，1870 年左右，是他写抒情诗最多的时代。他除了在 1870 年印行《诗歌集》(Poems and Songs) 以外，又在同年作他的名著《阿恩略特·格林诺》(Arnljot Gelline)。《阿恩略特·格林诺》是史诗兼抒情诗的作品，在六十年代的初期就已经着手了，到了这时才完成。这是比其他作品更能代表比昂松全部人格的。在阿恩略特之费全力于伟大的精神理想上，我们又看见作者之中心思想在主张人当奉献于不自私的终身工作，以这作品的动作之戏剧化的活泼性，以这作品的叙述之史诗化的恢宏性，以这作品的动人而有光辉的抒情诗化的优美性，使读者读了历久不能忘怀。和这同样情调的，则是 1868 年所写的小说《渔家女》（The Fisher Maiden）。《渔家女》也同样是指示人，无论男女，都可以把他或她的整个效忠性倾注于工作，其中有着快乐与幸福。因为这小说有抒情诗的情调，也颇可认为作者佳著之一。

　　说到他在转换期中思想上的变化，他在早年是强烈地倾向于基督教的（虽然他决没有黑暗的禁欲主义），但自从 1867 到 1868 年居丹麦以来，受了格伦特维希（1783—1872）的影响，也持一种定命论的乐观主义，认为世界是好的，善一定可以胜恶，应该让人们的生活快乐而且富有希望。比昂松的宗教是现世的，意义与快乐就产生于工作和群体的生活之中。假若易卜生是一个个人主义者，比昂松乃是一个在确切意义之下的社会主义者。九十年代以后，他公开承认有社会主义的信仰，其萌芽即是在这个时候。另方面，他之民族主义以及泛斯堪的纳维亚主义，在七十年以后，也渐趋隐晦。有一个时候，他颇接受了勃兰兑斯的美学主张（勃兰兑斯的讲学始于 1871 年），以为文学之表现人生，只是表现人生问题的焦点，在间接上，文学乃是道德改造的仆人。不过无论如何从 1872 到 1875 年，是比昂松生活中的一个插曲，在思想上颇似陷于无主的状态了。

1873 年的 8 月，他离开挪威，在德国和意大利住了两年。一直到 1875 年（四十三岁），他出版了他初次的写实主义的剧本：《破产》（Der Bankerott）和《编辑》（Der Redakteur）。1877 年，又作了《国王》（Der König）。三者自以《破产》为最重要，他的声誉变为全欧的了，他已成为国际的人物了。其中有极深的悲感，但又有温暖的人性。

1875 年的时候，他很想在北方置一点田产，但因为他过大都市的生活太久了，颇不易住在乡间而感到愉快。他在寂寞中所要寄托安慰的邻人，却因为意见的狭隘，对他竟施以压迫。他愤恨之余，倾心于达尔文与斯宾塞的学说，写了一些自由主义的笔战文章，以攻击古老的思想。《国王》一剧就是反抗封建意识的，可惜艺术上弱一些。实际上的农民已并不是传说文学时代的健朗的北人之子孙了，他们只是粗鲁而愚昧，并没有前途可言。他在浪漫时代所强调的终生事业与专一的意志，他现在开始觉得可笑。他的许多朋友也离开了他，和他作对着。七十年代是他的最艰窘时代。最后，他对基督教会，也脱离了。

在挪威的艺术史上，1878 年是一个重要的年代，这一年，法国巴黎的国际美术展览会开幕了，从此法国的自然主义派占了上风，挪威的国家艺术也成立了。比昂松在这年到了巴黎，见到了青年作家亚历山大·凯兰德（Alexander Kielland），时比昂松年四十六，凯兰德年二十九。他对凯兰德特别有着好感，因为他们都是对现世有着兴味，而不想来生，同时他们又都是抱有自由的社会理想，没走到八十年代之极端自然主义派里去的。

1879 年，他由法回国。他这时虽然仍是怀有自由政治理想的一个战士，然而已开始对一般民众有着憎恶。他觉得他的国人并没有个性的自觉，也谈不到自信。许多人攻击他的动机和人格，他不能为这而不痛苦。易卜生在这一年作《玩偶之家》，比昂松就也作了一个针锋相对的剧本《里奥纳达》（Leonarda）。

但这一切怨恨却因为 1880 年的初秋那个于 1849 年建立卑尔根剧院的提琴家奥耳·布耳之逝世而和解了！比昂松在他朋友的柩车之前，很流畅地演说了人民应该如何效忠于国家，并说明真正的手足之情是一切爱国主义的基础。这演说很打动了当时的国人。布耳的夫人本是美国籍，于是邀比昂松赴美，比昂松也乐意去，他觉得在美国正可以看到一个民治国的模范。这一年的九月，他就离开挪威了。他在芝加哥过了圣诞节。

殊不知国内的反对声又来了，一直到比昂松归国后，在奥斯陆当魏尔格兰德的纪念碑揭幕典礼时又给了一个有力的演说，才又把反对声平息了。然而他已厌倦了这些斗争，乃于 1882 年（五十岁了！）移居于巴黎，一直住到 1887 年。在巴黎的这一个时期，乃是他创作最旺盛的时期。他这时的著作有：《尘埃》（Dust），作于 1882 年；《挑战的手套》（Der Handschuh），作于 1883 年；《超乎人力》（Über die Kraft）第一部，也作于 1883 年；《飘扬的旗帜》（Det flager），作于 1884 年；《地理与爱情》（Geographie und Liebe），作于 1885 年。七十年代时他所强调的社会道德已成为过去了，他现在所注意的是宗教与家庭。

《挑战的手套》说明贞节对男子和女人同样重要，在技术上是很进步着。《飘扬的旗帜》是讨论两性的教育问题的，其根据的思想是斯宾塞。前者是戏剧，后者是小说。《飘扬的旗帜》颇惹起了一些批评，例如丹麦的夏考白逊（死于这部小说出版的次年）就坚决抗议把教育与各种问题引入了小说，其他人士则说这部著作太大胆，太反动。然而撇开教训的目的不谈，这小说却是写得很好的。《地理与爱情》也是关于两性问题，却是一篇娱乐的喜剧。

被认为作者最伟大的著作的，则是剧本《超乎人力》。在这里，代表着作者的新宗教观。他反对超自然的宗教，认为那种说法是超乎人力，而有害于社会健康。信仰奇迹，等待超自然的力量了，就会忽略了我们自身的能力之正常发展了。其中有尼采（1844—1900）的影响在！在这第一部里所叙述的是一个基督教的大臣，为要治他的病妻，结果两人都一命呜呼了。十二年后（1895），他又写了第二部。所叙述的则是这个大臣的儿子想做超人，想改变现在的文明，以一种更伟大的文明代之。第二部稍微弱些，然而它的小毛病为它整个的优美所补偿，说者认为是比昂松戏剧创作的顶点是不错的。

比昂松在 1889 年，写了《上帝之路》（Auf Gottes Wegen）。这也是代表他的宗教思想的。魏尔格兰德的泛神思想是在这里又出现了，它的中心观念是表现在："只要一个高贵的人类所散步到的地方就是上帝之路。"只因为作者太执着于书中的辩论了，这部小说失却了它的独创性与客观性，然而它费了比昂松好些精力也是无疑的。

1892 年，他把他的女儿嫁给了西古尔德·易卜生，这一年的 12 月 8 日，庆祝了他的六十生辰。他依然是富有精力的，但南方的气候慢慢使他感觉到需要，于是最后的十五年差不多都是在意大利或南德过的冬。1900 年，他有一只耳朵失聪。整个健康因此变弱了，但他一直到死还是活跃而且保持着攻击性的。

1898 年著剧本《保罗·朗格与陶拉·帕尔斯勃格》（Paul Lange und Thora Parsberg），这里很有趣地又涉及政争了，其创作的动机也许是由于首相里希特（Richter）在 1888 年之自杀。1901 年著《拉保雷姆斯》（Laboremus），见出了精力的衰歇。

比昂松本是诺贝尔奖金创立时的委员，在 1903 年时，他自己也获得了这奖金，这时他七十一岁了。1905 年时，挪威自瑞典独立，选择他们自己的国王，当时就是比昂松站在讲台上，拍着国王的肩膀，表示欢迎的，原来比昂松才是挪威之主，而国王反而像是宾了。他对于领导挪威，有一种责任感，他觉得他应该把挪威向他们自己的国民解释明白，又应该把世界给本国解释，并应该把本国解释给世界上其余的民族。比昂松之为人爱戴，主要的是因为他有一种稀有的性格，把乐观、机敏、忠实与坦率合而为一。

像易卜生到了垂暮有《当我们死人再醒时》的挽歌似的作品一样，比昂松在 1909 年作《当新葡萄再荣时》（Wenn der junge Wein blüht）。这本戏剧是表现着充分乐观的色彩，恰是比昂松一生的总

结。在次年的 4 月 26 日，他就在巴黎逝世了，年寿是七十八。当
这消息传到了挪威时，全国都沉默了，从心里哀痛着。

　　比昂松的作品，不像易卜生那样纯粹，也没有易卜生那样统一
的线索。不过大体上，也是由浪漫主义而写实主义，而象征主义地
进展着。他晚年被人称为老熊，这是不错的，他身材高大、巨眼、
长眉，而且有无畏的蛮性，难道不是一只北极的熊么？下面是他作
的挪威国歌《是的，我们爱我们这块土地》，以见他和挪威国家关
系之切：

> 是的，我们大伙爱这块地方，
>
> 这里有海沫漂荡，
>
> 这里有风吹成皱，海水在打，
>
> 我们这里住着千万家。
>
> 是的，我们爱她，我们伴着
>
> 我们的列祖列宗而生长，
>
> 那传说时代的微光，降下
>
> 好些美梦，在我们这块地方。
>
>
> 这就是那地方，哈鲁耳德（Harold）所拯救，
>
> 他曾带着一些年轻的武士在战斗；
>
> 这就是那地方，哈康（Haakon）显示过英勇，
>
> 而奥温（Oevin）曾经歌诵。

奥拉夫（Olaf）曾把他的血

向这地方上洒；

新外尔（Swerre）曾被拘在这地方的高原，

不许他有话告诉罗马。

农民们磨光他们的斧头，

只待有命令就走；

沿了暗礁是陶尔顿斯乔耳德（Tordenskjold），

火把照着敌人的去路。

那时候女人们也同样闻风而起，

她们像男子一样，给敌人以打击。

其他的人只是流泪和祈祷，

就是这样，也奏了效。

恶劣的时代不会临莅，

我们的抵抗原不殊往昔；

当艰窘达到了极点，

自由之神也就现在眼前。

这让古代的故事增加了力量，

饥饿、战争，尽管去迎上；

这让死也有了光荣，

这让民族有了新的血盟。

敌人把武器丢了，我们把他们戮杀，

咳，戴上我们的盔甲！

我们奇怪这样迅速，

原来他们也是我们的亲族。

我们向南方急进，有些耻辱，

我们进占了他们的旧居，

现在我们三个子孙站在一块，

以后永远不再分开。

北方之强，无论你们住在茅屋或大厦，

都要感谢上帝，

不管这海岸有多黑，

他保护大家和这块土地。

那好些个父亲为它而死，

那好些个母亲为它而泣，

上帝在静静里抚育着，

所以我们胜利了，而且保持胜利。

是的，我们大伙爱这块地方，

这里有海沫漂荡，

这里有风吹成皱，海水在打，

我们这里住着千万家。

　　像我们祖先，

　　为把我们从危险里解放而争战，

　　我们也要到战场，只要一旦需要，

　　为保国家的和平，休叫先人耻笑。

第九节

易卜生与比昂松以后之挪威文坛

　　在易卜生与比昂松之旁，是挪威的一些同时作家和追随者。

　　首先要说的，是魏尔格兰德的妹妹喀米拉·考莱特（Gamilla Collet）。她生于 1813 年，卒于 1895 年。她有挪威的写实主义的第一部作品《长官之女》（Oes Amtmanns Töchter），这是把妇女问题首先提给挪威人的，并且也是间接给易卜生的《玩偶之家》以影响的。她晚年的作品则有《静默的床上》（Aus dem Lager der Stummen）、《逆流》（Gegen Strom）等，却又转而带上了伤感色彩。当时的女作家还有二人，一是玛达伦诺·陶雷逊（Magdalene Thoresen），生于 1819 年，卒于 1903 年，她的农民小说与比昂松的差不多同时出现。一是玛利·考尔般（Marie Colban），生于 1814 年，卒于 1884 年，她的特色是选材的精炼和描写个性的深刻。

和易卜生比昂松同时代的大作家，自然要算约纳斯·李（Jonsa Lie）和亚历山大·凯兰德（Alexander Kielland）。

约纳斯·李生于 1833 年，卒于 1908 年。他度着一个像瓦耳忒·斯考特的命运的生活，为负债而著作着。由此而锻炼成一个真正诗人。他起初写的是关于故乡的描写的作品。后来得到政府的资助，能够居于意大利，但在意大利所写的作品却失败了。然而他不倦地创作，于 1880 年（四十七岁）著《鲁特兰德》（Rutland），1882 年著《向前去》（Gaa Paa），又使他得到新的成功。之后他转向"问题文艺"了，于 1883 年（五十岁）著《终身为奴》（Livsslaven），讲的是社会问题；于同年著《吉耳耶之家族》（Familjen paa Gilje），是和易卜生所写的类似的妇女问题；于 1884 年著《旋涡》（En Malstöm），写一个商人家庭的破产；于 1887 年著《共同生活》（Ein Zusammenleben），讨论婚姻。他作品中的顶点，当推 1886 年所写的《司令之女》（Die Töchter des Kommandeus）。很特别的是他的创作力至老不衰，如 1893 年（六十岁）著《尼奥泊》（Niobo），1904 年（七十一岁！）著《当幕落了》（Wenn der Vorhang fällt），也都还是佳作，只是他比易卜生和比昂松沉默些，所以他的名就为他们二人所掩了。约纳斯·李也写剧本，他有一本童话剧《林德林》（Lindelin），但却失败了。他死在 1908 年 6 月 5 日，活了七十五岁，全集一共十四卷。

凯兰德生于 1849 年，卒于 1906 年。在他生平里，始终抱有的是小市民的理想，对于挪威农民颇乏同情。他有鼓舞的精神，并形式的感觉，对于法国极为崇拜，这特别表现于他的著作《围绕着拿破仑》（Rings um Napoleon），这是我们所有关于拿破仑的书之最生动者。只是他是以一种政治的苦闷而写着的，他把那视自由的市民阶级为寇仇的拿破仑神圣化了。他的作品中，几乎全是倾向的。例如《蛤尔曼与屋尔塞》（Garman und Worse），是对于社会的批评，《艾耳塞》（Else）是社会问题的讨论，《毒》（Gift）和《福尔吐纳》（Fortuna）是针对着教育，最后，《斯诺》（Sne）是抗辩着宗教。只有《斯吉帕尔·屋尔塞》（Skipper Worse），是对于挪威宗教运动的描写，任何倾向都绝迹了。他的短篇有莫泊桑（1850—1893）之风。

比昂松之永远带有青年气的煽动力量，让挪威这个民族长久地呼吸着。只有到了八十年代以后的青年才慢慢意识地反抗他，以他为道德的说教者，并乡愿了。新派的人物所要宣扬的是尼采的强者道德，不过像在汉斯·叶格尔（Hans Jäger），他生于 1854 年，卒于 1910 年，或克里斯显·克劳格（Christian Krohg），他生于 1852 年，这些人的作品里，却还没有十分明显；甚而就是在以攻击国家主义口号并比昂松式的幻想为事的戏剧家龚纳尔·海勃格（Gunnar Heiberg）那里，也还没有确切的表示。海勃格生于 1857 年，著有《米达斯王》（König Midas）、《福耳克拉德特》（Folkeraadet）、《乡中将有何事》（Was Wird Werden im Land？）。

　　成熟的新作家却是阿尔诺·蛤尔保格（Arne Garborg）和克奴特·汉松（Knut Hamsun）。蛤尔保格生于 1851 年，卒于 1924 年。他是农人之子，因为要到都市里去谋生活，他的父亲便愤而投水了，这成了他终生不能忘掉的打击。他起初以反对庸俗主义为事，著《自由思想家》（Ein Fritenk ar），后来却又自居于不可知论者之列，打破了唯物主义的藩篱，以幻想与信仰对抗着勃兰兑斯的一群。晚年更有诗才，翻译了荷马的《奥德赛》和印度的《马哈巴拉塔》（Mahab harata）长诗。他的妻胡耳达·蛤尔保格（Hulda Garborg），也是一个知名的作家。

　　和阿尔诺·蛤尔保格相反的克努特·汉姆生，终生是彻头彻尾的一个大幻灭的人物，他生于 1859 年。经过种种曲折的生活，他在美国流浪了十年，结果是写了一部《美国游记》（Fra Amerikas Aandsliv），以后又写了他的名著《饥饿》（Sult）。《饥饿》是一部自传性的作品，写一个文人因饥饿而至发狂的心理，深刻而动人。《编辑者林格》（Redakteur Lynge）是写市民性的编辑之幻灭的。他的作品，以细腻见称，常常在很小的事件上，见他的天才。代表他幻灭失望之感的顶点的是他的剧本《为恶魔所捉》（Vom Teufel Geholt）。至于他的最大杰作则为《大地的成长》（Markens Gröde），作于 1917 年，他五十八岁了。在 1920 年，得到了诺贝尔文学奖金。

　　在克努特·汉姆生之后，过了八年，又有一个得到诺贝尔文学奖金的，是生于 1882 年的西格里德·温塞特（Sigrid Undset）。这是一个女作家，她的名著是《克里斯汀·拉夫朗的女儿》（Kristin lavransdatter），这是一个三部曲的历史小说。

除了汉姆生之外，现代的挪威作家最为世界所知的，要算保耶尔（Johan Bojer）了，他生于1872年。早年穷困的生活，也和汉姆生差不多。他的名著是《谎言之力》（The Power of a Lie），作于1910年，时年三十八。现在他的作品已经陆续译为别国文字了。

挪威素以乡土文学著称，甚而有人疑惑挪威的文学是不是全属乡土文学。但这方面的巨手，却要推汉斯·阿鲁德（Hans Aanrud）。阿鲁德生于1863年，有挪威的莫泊桑之称。除了善写农民外，他也是极佳的儿童读物的著者呢。

第四章
瑞典文学

第一节

瑞典文学之语言的与历史的背景

瑞典在中世纪时已在北欧露头角,十一世纪以后由于丹麦势大,曾同挪威并属于丹麦。她之脱离丹麦,却比挪威早,是 1660 年就脱离丹麦独立了,到了 1814 年,挪威也离开丹麦而联合于瑞典,但到了 1905 年挪威却又独立而和瑞典分开了。

至于可记录的瑞典文字,要以基督教的拉丁著作为始,这就是像死于 1289 年的培忒鲁斯·得·达西亚(Pertus de Dacia)所作的《圣者克里斯提纳·封·施徒姆倍泠传》(Das Leben der heiligen Christina von Stumbelen),以及大约在 1470 年左右的人物艾里库斯·奥莱(Ericus Olai)所作的《高特人史记》(Chronica Gothorum)等。用华丽的国语写的著作则有圣者布里吉塔(Brigitta)

所写的她那神秘的《默示录》（Revelations），这是要求着教堂的改革的。布里吉塔生于 1303 年，卒于 1373 年。自然，这时欧洲一般的中世纪文艺题材也输入瑞典了。

瑞典的语言是直接从古代北方语进化而来的，有力而悦目，较之丹麦语，尤其具有独立性。她在文化上的新纪元则由古斯塔夫·瓦萨斯（Gustav Wasas）的统治始。这是 1521 年的事。古斯塔夫是颇晓得利用改革教会以巩固自己的王位的，他像三十年战争的主角古斯塔夫·阿道耳夫一样，对学术与知识，也极力提倡。瑞典书写的文字之成立，则由于 1526 年到 1541 年的《圣经》翻译。

但这时口语方面又呈混乱状态了，一则是德国宗教改革派的教士之侵入，二则是许多在国外作战的士兵之归来，三则是在克里斯提诺女王（Königin Christino）——她生于 1626 年，卒于 1689 年——朝中的传播外国学术的高卢人（Gallizismen）之出入，遂把瑞典原始语言之纯粹性给破坏了。到了古斯塔夫第三（Gustav）出来，曾用他专制的力量，想把国语纯粹化，并高贵化，因而把这事交给了瑞典学院（Die schwedische Akademie），这学院是仿照法国学院而设立的，事在 1786 年。但是这些学院派的先生却并无善策，他们不过把瑞典的语言勉强填入法语的文法而已。所以一直到近代，而且是最近代，才由瑞典的诗人们去发掘北方文艺的并语言的宝藏，这样才把他们祖国的口语之真正优长给显示出来了。

斯堪的纳维亚的统一战争，结束于瓦萨一姓之取得王位，在那纷乱的期间，我们并听不到瑞典的民族诗歌；后来经过宗教改革期

之理智时代，人们对于生活在民间的古代北方文艺之传说也熟视无
睹；因而瑞典的文学中根本缺少国家的及民族的基本情调。所以瑞
典近代文学的开端，便只好以模仿外国许多学者所带进来的范本为
事了。

第二节

在模拟中的近代瑞典文学之开端

首先是约翰诺斯·布尔洛哀斯（Johannes Buräus）和乔尔歌·施
泰恩海耳姆（Georg Stiernhjelm）之引入新拉丁的神话学的教养，
并其所带有的意大利的玛伦尼（Marini）作风。（玛伦尼是死于
1625 年的意大利诗人，作风以矫揉及夸大著。）布尔洛哀斯生于
1568 年，卒于 1652 年。施泰恩海耳姆生于 1598 年，卒于 1672 年。
施泰恩海耳姆是第一个用瑞典的六音步的体裁的诗人，他对于把从
法国所输入的抒情舞（Ballette）内的神话材料置入于宫庭宴会的诗
中一事，颇为热心。

瑞典的戏剧也像其他方面一样，大多是来自教会的神秘派，只

是现在找这一类的古代瑞典戏剧却不容易了。在瑞典宗教改革以前的戏剧性的忏悔火曜日的笑谈（Fastnachtscherze），也几乎全无遗留，或者外邦势力的过大，遂阻止了这种民族性的舞台萌芽之成长了吧？

能多少在这一方面加以推动的，要算约翰·麦逊尼乌斯（Johann Messenius）。麦逊尼乌斯生于 1579 年，卒于 1637 年。他曾经把祖国的历史编入戏剧中，叫他的学生演出。他是乌普萨拉（Upsala）大学的教授，颇想以唤醒国民的趣味为事。他原计划着写五十部戏剧，悲剧喜剧均有，把整个的瑞典历史，全穿插其中，但却只有六部是印出了。可惜的是他天才并不高，而且单人独马，所以不足以当横流砥柱的责任。

从这时起，瑞典所受的国外影响便改而倾向法兰西作风（Gallizismus）了；在这方面，奥拉夫·封·达林（Olaf von Dalin），并特别创办了一个杂志《百眼巨人》（Argus），以为提倡。达林生于1708 年，卒于 1763 年，达林的即兴抒情诗及悲剧《布伦希耳答》（Brynhilda），并没有什么意义。比较差强人意的，是他的喜剧《热心者》（Den Afvundsjuke）。此外，达林也是一个历史家，著有 Svea Rikes Historia。同时，在瑞典的"巴洛克"时代中，在那些学者如博物学家林纳（Karl v. Linné）、物理学家安得斯·塞耳修斯（Anders Celsius）、语言学家艾曼奴厄耳·诸费顿布尔格（Emanuel Svedenborg）这一群里，达林乃是一个重镇。至于那些依照法国人而著作的悲剧作者如屋朗格耳（E. v. Wrangel）、奥拉夫·塞耳修斯（Olaf Celsiua）等，则没有一个是够得上真正的诗人的了。

就是在别的方面，也完全是法国风，例如号称瑞典的莎孚的海德维希·夏绿蒂·封·挪尔顿福里希特（Hedwig Charlotte v. Nordenflycht）之诗歌与寓言，菲立普·克劳厄慈（Philipp Creutz）之散文诗，古斯塔夫·弗雷德里克·吉伦布尔格（Gustav Fredrik Gyllenborg）之英雄诗与教训诗，本希特·里德诺（Bengt Lidner）之演说与悲剧性的歌剧，统统不免。那腓德烈大帝（Friedrich der Grosser）的姊妹乌耳吕克·鲁维兹女王（Königin Ulrike Llrike Luise）曾经对达林的法兰西作风颇加赞助，可是很奇怪的，到了她的儿子古斯塔夫第三，却就把这种趣味之下的瑞典文学一律加以压迫，其实他自己在最内在的本质上却正是一个浪漫主义者呢。

人们很可以看出来，瑞典文学未尝不分有了十八世纪的欧洲文学之一般运命，所不同者，只是法国作风在英国与德国或已根绝，或已动摇，而在瑞典，则正开始而已。古斯塔夫第三（其统治年代始于 1771 年，止于 1792 年）不只空言提倡，而且自己也动手创作。他那不可否认的修辞之才引导了他，使他以作家自居，臣子的劝阻全然无效。诗的方面，他虽然不敢尝试，但他写下了不少庄谐间出的散文剧本：《古斯塔夫·瓦萨》（Gustav Wasa）、《古斯塔夫·阿道耳夫与厄巴·布拉曷》（Gustav Adolf und Ebba Brahe）、《海姆费耳特》（Hemfelt）、《弗里蛤》（Frigga）、《被欺的总督》（Der betrogene Pascha）等。这些剧本的对话都是轻快而自然的，也非常富有舞台的效果，所缺的只是诗意的激动性。

古斯塔夫第三的朝臣有约翰·亨利克·凯耳格伦（Johann Henrik Kellgrén），也是剧作家，他生于 1751 年，卒于 1795 年。他选择他的抒情剧的材料，多半是本地风光，例如他的歌剧《古斯塔夫·瓦萨》《古斯塔夫·阿道耳夫与厄巴·布拉曷》，便都是如此。然而史诗与戏剧并不是他的事，只有他的抒情诗却是真正当行，常常有极其颤动人心弦的情调以及非常温雅的韵律。严格追随法国作风的作家则有古德穆恩德·居兰·阿道勒倍特（Gudmund Göran Adlerbhth）、约翰·蛤布里耳·奥克逊斯提尔纳（Johann Gabriel Oxenstjerna）与阿克塞耳·蛤布里耳·西耳夫费尔斯陶耳坡（Axel Gabriel Silfverstope）等。

第三节
天才诗人贝尔曼及其时代

但这时却也有一个完全和这些人不同的天才诗人卡耳·米契耳·贝尔曼（Carl Michael Bellman）。他生于 1740 年 2 月 4 日，卒于 1795 年 2 月 15 日。他的抒情诗之出现于毫无生气的拘泥于规律的古斯塔夫诗坛，就像一棵新鲜而有力的野玫瑰在那花园的有格子的篱笆上散布着她的幽香。贝尔曼是放荡不羁的，他一任他的诗人性格，毫无顾忌。他曾经写给他的国王一个诗意的请求书，说假若不予以援助，他就会穷迫而死。当国王允许他，给了他一个朝廷上的小官以后，他把他的正当工作弃而不顾，以一半薪俸给了别人，以一半过自己的诗人生活了。

他的作品也是多方面的，讽刺的片断有《月亮》（Der Mond）；短篇的戏剧有《幸福的坏船》（Der glückliche schiffbruch），《旅舍》（Wirtshaus），《酒神之寺》（Bacchus Tempel），以及《戏剧集》（Die dramatische Versammlung）等；他又曾用韵文抒写了他对《福音书》的意见，其中有赞美诗的情调跳动着；在这些方面，他都永远是独创的，永远是不愧为一个大诗人的。然而比这更能够代表他那最纯粹、最高贵的天才的，则是他那抒情诗，如《弗雷德曼之书信》（Fredmans Epistler）、《弗雷德曼之歌》（Fredmans Sänger），以及一些即兴诗等，这些作品都完全像民歌似的，其中有狂欢，有淳朴，有诙谐，正如凯耳格伦所称："他像一个从燃烧着的幻想力一涌而出的真正的灵感的孩子！"所谓弗雷德曼，其实就是他的托名。他的作品常常是一挥而就，然而却已带着他自己的特殊情调，充满着他自己的戏剧性的生活。他的特色是在笑中含了泪，以欢乐作为被人生之谜所深深地侵蚀的灵魂上的痛苦的点缀。

这个诗人的最后一幕，最有声有色。据他的一个友人所记载，他自己感觉到他的最后一刻到了，就把他的朋友召集了来，作了一首即兴诗，把他那飞跃的幻想力的光亮再一度放射而出，据他说，这是让他的友人们再听到又是贝尔曼在着了！这一整夜，他完全歌唱，毫无休息。他唱的是他那快乐的一生的感兴的洪流，唱的是对于皇帝的赞美，以及对于造物者的感激，因为是造物者让他生在这样一个高贵的民族，并且居于这样美丽的北国的。最后，他则向每一个到场的友人贡献一首诗，抒写那个人的特殊性格以及和他的交情，算是永别，第二天早晨，他的朋友就赶快地奔集于他的榻前了，大家都泣不成声，因为对他的健康已无能为力了。可是他却从容地向他们说：让我在音乐里死去，就像在生前一样吧！于是他自己唱着挽歌，之后便永不再有声息了。

在世界文学中像贝尔曼这样奇特的，恐怕只有两个人，一个是法国的强盗诗人维庸（Frangois Villon），一个是中国的诗仙李太白。前者在十五世纪之前半，后者在八世纪，贝尔曼则在十八世纪。他们都同样是以艺术同醇酒永远结着不解缘的！下面举贝尔曼的一段诗，作为一例：

　　　　酒友们来戏耍吧，

　　　　在巨觥之旁，我们就聪明异常；

　　　　那一岸一个酒鬼倒了，

　　　　一睡就睡了满身泥。

　　　　棋子碰了，他们又在豁拳，

老少都开怀，有什么忌惮？

一会儿是抡起了手杖，一会儿是扫帚，

酒保无从插嘴，只听了如许。

又是天，又是地，又是东，又是西！

给我们火！给我们酒！我们渴得要死！

我选过的一个少女，让她活一万年，

虽然我为她花了不少钱。

我花了不少，啊，仁慈的上苍，

我把那生下的小儿送进了育婴堂。

一月以后，就没有血色，咳，夭折；

可是我唱得面红耳热，

我纠缠了那少女不少，

只有那牧师一到，她才逍遥！

我病了，我有些怕，

这个无耻的少女诚然可骂。

可是，格雷塔（Greta）呵，我还是不能把你忘掉，

我相信，我的心从来没有这样燃烧。

我又想到你了，当我眼一睁开，

我想到你，并想到你那面貌的可爱。

　　这赤裸裸的坦率态度，较之太白，或且过之。然而沉溺之深，也视太白为甚，这就是东西方的精神之差异了。

贝尔曼的朋友卡耳·伊斯瑞耳·哈耳曼（Karl Jsrael Hallman），生于 1732 年, 卒于 1800 年, 是号称"瑞典的具体而微的霍尔堡"的。他以写瑞典的民间生活的、富有机智的喜剧著称，他的代表作有《机遇造成强盗》（Gelegenheit macht Diebe）。

另外两个属于贝尔曼一派的喜剧家是奥拉夫·凯克塞耳（Olaf Kexel）和卡耳·恩瓦耳逊（Karl Envallson）。前者生于 1748 年，卒于 1796 年, 后者生年不详, 只知道卒于 1806 年。

瑞典文学中一向所缺乏的是悲剧，这是她的最大弱点。这原因由夏考白·瓦伦勃格（Jacob Wallenberg）所作的悲剧《苏散纳》（Susanna）就可说明了，因为这个剧本便是紧跟着法国人的藩篱，亦步亦趋的。瓦伦勃格生于 1746 年，卒于 1778 年，只有三十二岁。他的胆子够大, 竟愚蠢地对莎士比亚攻击着! 可是国人对他并不坏，那多半是因为他著有《吾儿在划船上》（Min Son På Galejan）一书，这是作者以幽默之笔叙述他到东印度的旅行之回忆与体验的。

在那时同样很被喜爱的作家有安娜·玛利亚·林格伦（Anna Maria Lenngrén）。林格伦生于 1754 年, 卒于 1817 年。其所受欢迎处，是由于一些讽刺诗及写瑞典社会生活的风土记。

古斯塔夫时代的最后一个代表作家则是有名的学院人物卡耳·古斯塔夫·里奥波耳德（Karl Gustav Leopold），他生于 1756 年，卒于 1829 年。他虽然也以法国趣味写他的长诗及戏剧，但已经代表一种瑞典独立作风的曙光期了。

第四节

法国作风之解放及磷光派

作为这个曙光期的叫旦之鸡的，便是陶玛斯·陶里耳德（Thomas Thorild）。陶里耳德生于 1759 年，卒于 1808 年。与其说他是诗人，毋宁说他是一个思想家。他的教训诗，虽然完全忠实于当时的风尚，但当作一个理论家，却是一个开风气的人物。他极力提倡莎士比亚、莪相、克劳普施陶与歌德，以强烈地打击法国作风。他可以说是瑞典最佳的散文作家之一，然而却也以文字得祸。他曾对当时的瑞典文化状况，写了一篇很锐利而富有哲学见地的文章，题目是《理智之普遍自由性》（Die allgemeine Freiheit des Verstandes），因而放逐以死。

作为新旧之交的诗人是弗朗慈·米凯耳·弗朗层（Franz Mikael Franzén）。他生于 1772 年，卒于 1847 年。他的抒情诗有一种儿童的天真，非常自然，可是却又时而有如火的热情的爆发。这个温和而虔诚的诗人，在田园诗及乐府中，最表现他的优长，到了历史文艺中，已不足以撑持那广大的局面，至于戏剧之作，像《在皇家花园中的褴褛女孩》（Das Lappenmädchen im Königsgarten）等，就弱点全露了。

在瑞典被估价得很高的，有著名的大主教及演说家约翰·奥拉夫·瓦林（Johan Olaf Wallin）。他生于 1779 年，卒于 1839 年。他作了许多带韵的赞美诗和宗教歌，有"北方的大卫竖琴"（Davidsharfe im Norden）之称。同样写赞美诗的还有考雷奥斯（M．Choräus），他生于 1774 年，卒于 1806 年。可是他的赞美诗没有瓦林的那样壮美，或者他写的哀歌，倒是更见长的吧。

陶里耳德的美学论争，既以反对模仿法国为事，这样便助长了古典主义的抬头。在这方面一显身手的有海军大将卡耳·奥古斯特·艾伦斯费尔德（Carl August Ehensvärd），以及本亚民·许耶尔教授（Professor Benjamin Höijer），他俩都是十八世纪后半叶的人物。同时，死于 1858 年的派尔·亚丹·瓦耳玛尔克（Per Adam Wallmark），则在《文学与舞台杂志》（Journal für Literatur und Theater）中，展开对于学院派的法国作风的攻击。

国王古斯塔夫第四（Gustav IV）在 1809 年被逐，这不唯在政治上是新纪元，在文艺上也是一个解放的运动的开始。这运动由乌普萨拉大学发出，因为那里已有一个文学的团体。他们中间出了一部极其尖刻的喜剧性的史诗《玛尔喀耳的不眠夜》（Markals Sömnlösa Nätter），其实他们所指的乃是瓦耳玛尔克（Wallmark）及法国派。新的杂志也成立了，大半都是以新的浪漫主义的立场而反对法国作风的：例如由阿斯凯吕夫（Askelöf）所领导的《波勒菲姆》（Polyphem）、《学园》（Das Lyceum）；尤其可以注意的是成立于 1810 年的乌普萨拉朝霞社（Upsalaer Aurorabund）所出的《磷光》（Phosphorus），自此且有了以提倡新美学为事的磷光派

（Phosphorist）。就文学史的眼光看来，磷光派就是瑞典的浪漫派，而且也传染着德国浪漫的缺点。这以他们的领袖丹尼尔·阿玛得乌斯·阿特鲁姆（Daniel Amadeus Atterbom）所表现的为尤显。

阿特鲁姆生于 1790 年，卒于 1855 年。他本来有诗人的天才，但因为浸润于谢林及黑格尔的哲学中皆为时过久，诗才就十分受了损害了。阿特鲁姆之抒情的性格，在他所有的文艺作品中都有意地表现着，只有那过分地显示谢林的极端浪漫派的民歌《花朵》（Blommorna），以及在抒情的田园诗《吾之愿望》（Mina Önksningar）中，算是例外，于是也就是最可爱的。他的较大著作是童话《青鸟》（Fågel Blå），细节也都极其美丽，有极端浪漫派的作风。至于他的代表作则是《幸福岛》（Lycksalighetens Ö），这是抒情诗、戏剧、史诗合而为一的东西，简直让人不知道它应该归于什么类的好了。它的整个是形而上学的，混乱而有点松弛；只是那在对话之间所插入的歌曲，却是非常美的，美到让人觉得好像出自南国诗人之手，不像北方之强的产品了。

阿特鲁姆又作有《瑞典的先知与诗人》（Svenska Siare och Skalder），这是打算为瑞典写的一部文学史。他的游记与回忆之作如《德意印象记》（Minnen från Tyskland och Italien），在许多方面颇有文化史的价值。他的晚年作品较少，1828 年（三十八岁）任乌普萨拉大学哲学教授，1835 年（四十五岁），授文学与美学，并推为瑞典学院的会员。卒时年六十五。

磷光派中的其他诗人如哈玛尔斯库耳德（Hammarsköld）、阿尔维兹逊（Arvidssön）、安德尔斯·弗雷克塞耳（Anders Fryxell）等，都比较地不十分重要。此中安德尔斯·弗雷克塞耳（1795—1881），从 1823 到 1880 年出版了不下八十五卷的《瑞典史》（Berättel-er ur Svenska historien）。这部大著的每些部分，在历史与文艺的价值上都是不很平衡的。没有问题的，无论内容上形式上，最佳的部分当推叙述卡耳第十二（Karl XII）的生活的一段落。其余可以值得一提的作家恐怕只有作悲剧《艾里希第十四》（Erich der Vierzehnte）的约翰·毕尔耶逊（Johan Börjesson），以及女诗人犹里亚·克里斯提纳·尼勃尔格（Julia Kristina Nyberg）了。

第五节
国民文学之建立及高特派

对于瑞典文学很幸运的是，在阿特鲁姆的浪漫派所倡导的过重天才的一个方向之外，却又有一个文学团体出来对立着。这个文学团体可称为民族的，但一般习惯则称为高特派，这是因为他们有一个高特结社（Götska Förbundet），其机关刊物则取名于不朽女神《伊杜娜》（Iduna），发刊于 1810 年，终刊于 1824 年。他们的中心人物是盖耶尔（Geijer）、泰格纳尔（Tegnér）、令格（Ling）与阿尔维德·奥古斯特·阿夫裁里乌斯（Arvid August Afzelius）。他们也号称浪漫派，不过这却完全和阿特鲁姆之混乱的形上学的浪漫派不同；他们有更稳固的基础，这就是古代的民族英雄传说，以及古代的祖国民歌。因此，他们的特色就被决定了，恰如越伦施勒格尔在丹麦所做的一样，乃是把浪漫精神置入民族主义中，表现而出了。他们的出现，全在家乡的地方，也就正是如他们所说，他们的声音乃是由整个瑞典的心灵所激荡而来的。就是由于这个高特派，才把法国的古典主义开始驱除净尽了。以下我们就要对它的重要人物，次第加以叙述。

艾里克·古斯塔夫·盖耶尔（Erik Gustav Geijer）生于 1783 年，卒于 1847 年，是瑞典的名历史家，且负有欧洲的盛誉。他曾著有《瑞典史》（Geschichte Schwedens），可惜只叙述至卡耳第十（Karl X）而止；又写过一部对瑞典史料的编订并作为瑞典史的导言的一部书（Svea Rikes Häfder）。至于他在历史上的零星著作以及艺术哲学的论文，则收集在一部《杂著》里。他的诗是薄薄的一本，然而却很有分量，特别是民歌之类如《最后的战争》（Den Sista Kämpen）、《最后的宫廷诗人》（Den Sista Skalden）、《海上英雄》（Vikingen）等，都是由古代北方的生活之最内在的真实性上写出的，而且使用了那代表真正的民族精神和民族声调的形式。后来瑞典诗人施吐尔层·贝克尔（Sturzen Becker）说："盖耶尔之所以有这样大量的读者，全是由于他的作品中所具有的古代北方精神中之庄严的并单纯的人格有以致之。我们读到他的民歌的时候，就像面对着一个丛林，其中散发着幽香，宛然是处在古代可爱的北方了，左右是海滩和岩石，上下是无猜的画眉和谦逊的海鸥！”

他们这一派中最有盛名的，自然要推埃萨亚斯·泰格纳尔。泰格纳尔生于 1782 年，卒于 1846 年 11 月 2 日。他的处女作是一首教训诗《圣人》（Den Vise），这时还不免古斯塔夫朝的传统的束缚。但是在他二十岁（1802 年）时所作的热情的《斯坎斯喀民团的战歌》（Kriegssången för Skånska Landvärnet），就完全把他的天才解放出来了。二十九岁时（1811 年）作了得奖的诗《瑞典》（Svea），乃把旧束缚唾弃净尽。这时，我们可说那祖国的，也就是人们所谓高特式的趋向，已经在这里公开了。接着是 1821 年（三十九岁）的《梦魇的孩子》（Nattvardsbarnen），有人称之为神学的田园诗，1822 年取材于卡耳第十二时代而作民歌《阿克塞耳》（Axel），这乃是高特派把浪漫精神置入民族主义的最美的标本。至于他的代表作则是在 1825 年（四十三岁）所作的《弗里特约夫传说》（Frithjof's Saga）。这作品已翻译成欧洲的各国语言了。全诗共二十四首，首首的形式不同。它的取材是古代冰岛的《弗里特约夫传说》，可是完全加入了现代的趣味。更显著的是，其中有甜蜜的浪漫色彩，而且因为著者曾爱一个妇人而失望，后来当了高贵的僧正，于是这作品中便也已经显示基督教的新上帝之来临。就文体论，也是采取了近代流利的形式的。凡此诸点，都是使泰格纳尔在文学史上有着意

169

义的。《梦魇的孩子》《阿克塞耳》《弗里特约夫传说》，称泰格纳尔的三杰作。但他最擅长的，自然是抒情诗，其中精力弥漫，生机盎然，富有幻想，而且叙事如绘。《太阳之歌》（Sonnengesang）一首，尤其称为压卷之作。

泰格纳尔到了晚年，又回到传说文艺了，曾著有《未婚皇妃》（Kronbruden），并计划以瓦耳德玛尔大帝（Woldemar der Grosse）时的故事而作史诗《盖尔达》（Gerda），可惜死阻止了他，《盖尔达》便只好永远成了瑞典文学中斑斓的断碑残碣而已了。

比泰格纳尔年长些，然而也有着如火的热情的，是派尔·亨利克·令格（Per Henrik Ling），他生于 1776 年，卒于 1839 年。可惜的是，他自己忽视了他的抒情天才，为越伦施勒格尔及泰格纳尔的成就所诱引，遂也在粗大的风格之下而写着北方的剧本和史诗了。然而其中大部分是太偏于修辞，只有在悲剧中的合唱，有点抒情味儿，在英雄诗中的形容，有点风景描绘，算是真正的文艺部分而已。

高特派的另一个中坚人物便是阿尔维德·奥古斯特·阿夫裁里乌斯。他生于 1785 年，卒于 1871 年。他自己的作品不多，曾同拉斯克（Rask）编印过《伊达》，同盖耶尔出版过古代瑞典民歌集。他自己作的民歌如《涅克》（Nocken），却也很邀人激赏。

此外和高特派或近或远的作家还有不少，暂且不表了。

第六节

达耳格伦，阿耳姆乞斯特与鲁恩勃格

　　这时有一个对磷光派和对高特派持着同样距离而独立的作家，便是达耳格伦（Karl Fredrik Dahlgrón）。达耳格伦生于 1791年，卒于 1844 年。在他早年作《玛尔卡耳之不眠夜》（Markalls Schlaflose Nachte）的时候，的确是和磷光派有着联系的，但后来所写的滑稽而带田园诗的风味的作品，就和磷光派及高特派同样远着了。他也写小说，极尽讽嘲的能事。他又作有希腊亚里斯多芬诺斯（Aritophanes）式的喜剧《奥林坡中之阿尔古斯》（Argus im Olymp），这便是讥笑磷光派的。其中说磷光派的花花公子是把十四行体的诗顶在头上，以短歌作为腰带，又拿词藻当作草鞋，同时他也是学贝尔曼的。

　　假若说达耳格伦是代表旧的，怀古的，则又有一个完全致力于新的瑞典文学的人物，这便是卡耳·约纳斯·鲁德维希·阿耳姆乞斯特（Karl Jonas Ludwig Almquist）。他的方面之多，使任何人都要惊异。他的主要思想是民主，他在无穷的著作中鼓吹宗教的、政治的，以及社会的自由。他生于 1793 年，卒于 1866 年。

　　以他那光辉的幻想力，以他那无尽藏的发明才能，以他那无比的形式之巧，他都应该防备着不要把他的才能和他的时代引入琐屑里去，然而不然，他不唯尝试了各种文艺形式，而且摸索于新闻、批评、历史、经济、哲学、民间读物、语言哲学，甚而几何学之间。由于他的天性是分歧的，于是他时而是全然的浪漫主义者，时而是写实主义者，今天还是虔诚的宗教徒，明日又变成鲁莽的宗教讥笑者了。后来他倾向社会主义，在著作中不绝宣传，朋友都因而离了他，敌人都在诽笑他，却突然因为杀人嫌疑被告发，迫得他到了美国了。这时是 1851 年，他五十八岁。途中遇盗，许多原稿都遭了损失。在他死的前一年（1865），七十二岁，才又回到欧洲。

在他的文集中，除了古怪的抒情诗及民歌（他曾配上了可惊的音乐）外，其中有两首巨大的叙事诗，这就是《筛姆斯·艾耳·尼哈尔》（Schems-el-Nihar）和《阿吐尔之猎》（Arthurs Jagd）。他的悲剧《易普萨拉之天鹅洞》（Die Schwanengrotte auf Jpsara），以及采自《圣经》的两个剧本《玛尔亚姆》（Marjam）和《伊亚德鲁斯·封·塔德茂尔》（Jsidorus von Tadmor），都是可以不朽的。

他的幽默并不空洞，例如现在《奥尔穆斯与阿里曼》（Ormus und Ahriman）中的，便自有一种特色。最显示他的天才的则是他的民间读物，例如 Grymstahamas Nybegee。

说到他的长篇小说，则有《斯凯耳挪拉磨坊》（Die Mühle Skållnora），写瑞典的下层民众的生活；有《蛤布里耳·米曼薮》（Gabriele Mimanso）与《阿莫林纳》（Amorina），有着法国浪漫派的技巧；但在《阿玛里·希勒》（Amalie Hiller）中，则这种技巧又不见了；最后是《田塔莫拉》（Tintamora），叙述着他对于古斯塔夫第三时代的历史之创见。他也写短篇小说，有名的有《考兰宾》（Kolumbine）、《阿兰民塔·麦》（Araminta May）、《小教堂》（Die Kapelle）等。后来他把长篇小说与短篇小说辑而为一书，称为《睡美人之书》（Törnrosens Bok），一律用八开本印刷着。

讲到阿耳姆乞斯特，瑞典的小说艺术便好排列了。小说的创立者是死于 1835 年的弗雷德里克·崔德保尔曷（Fredrik Cederborgh），和磷光派的维耳海耳姆·弗雷德里克·帕耳姆布拉德（Wilhelm Fredrik Palmblad）。之后，有克拉斯·里文（Klas Livijn），也是磷光派，作品以讽刺的机智见称。追踪斯考特的历史小说的人也非常之多，其著名者如古斯塔夫·维耳海耳姆·古埋里乌斯（Gustav Wilhelm Gumälius）、古斯塔夫·亨利克·埋林（Gustav Henrik Mellin）、卡耳·弗雷德里克·里德斯塔德（Karl Fredrik Ridderstad）、卡耳·安德斯·库耳勃格（Karl Anders Kullberg）等。写时代倾向以及风俗素描的，则有卡耳·安顿·魏特尔勃尔曷（Karl Anton Wetterbergh）和约翰·维耳海耳姆·施耐耳曼（Johann Wilhelm Snellman）。这些统统是十九世纪的人物。

至于尤其值得大书特书的，则是瑞典的第一个女小说家弗雷德里喀·布雷麦（Fredrika Bremer）。她生于 1801 年，卒于 1865 年。幼年时读席勒的作品，深受感动。她的作品以写日常生活见长，在德国很受欢迎，在英国也有译本。还有一个不很重要的女小说家，是艾米丽·弗里哈雷-卡伦（Emilie Flygare-Garlén），她生于 1807 年，卒于 1891 年，写的小说却全都是只供娱乐之用而已的。

在这里还应该一叙的，是一个芬兰作家约翰·鲁德维希·鲁恩勃格（Johann Ludwig Runeberg）。芬兰在 1150 年，原是属于瑞典的，到了 1809 年的瑞典俄罗斯之战，瑞典才把芬兰失掉了。芬兰本有一种瑞典籍的受教育的上层阶级，鲁恩勃格就是这阶级中的一人。鲁恩勃格生在瑞典俄罗斯之战的前五年，死于 1877 年。以他使用的文字论，完全是瑞典的，以他所接近的民族生活论，却与其说是瑞典，毋宁说是芬兰。在这方面表现得最好的，便是史诗《猎麋》（Elgskyttarne）、《汉纳》（Hanna）；以及一些田园诗和警句诗。他也作有喜剧，如《不可能》（Kann nicht）；作有悲剧，如《萨拉米斯之王》（Kungarne Pa Salamis），也都相当成功。至于他那最动人的作品，则是他的一些爱国抒情诗和民歌作品，后来集在一起，名《旗手斯塔耳斯的故事》（Fänrik Stals Sägner）。其中有民歌《兄弟》一首，作风以粗枝大叶著，乃是一切民族中的爱国文艺之上乘。鲁恩勃格是泰格纳尔后十九世纪中叶里最大的一个瑞典诗人。

在芬兰还有两个使用瑞典语言的作家：一是爱国的散文家弗雷德里克·徐格诺厄斯（Fredrik Cygnäus），二是虽不深刻而形式十分完整的抒情诗人并儿童读物作家查喀里亚斯·陶佩里乌斯（Zakarias Topelius）。他俩都是鲁恩勃格的同时人。

鲁恩勃格又不止影响于芬兰而已，他的伟大且转而使瑞典有着反响。当时的诗人如曾以民歌及哀歌著称的勃恩哈尔德·艾里斯·玛耳姆施特吕姆（Bernhard Ellis Malmström），以及受了少年德意志派影响的德特劳夫·封·布劳恩（W. A. Detlof von Braun）和奥斯喀·

帕特里克·施吐尔层-贝克尔（Oskar Patrick Sturzen-Becker），便都是因为反对他而有了重要的地位。

总之，十九世纪的瑞典，在文学上像在政治上一样，是十分保守的。但这时却有浪漫派的三个重要的残军值得一提：一是维克推·里德勃格（Viktor Rydberg），生于1828年，卒于1895年，他具有欢乐的性格，彻头彻尾是一个理想主义者。他著有二卷《抒情诗集》（Dikter），并小说《波罗的海之山贼》（Fribytaren På Ostersjön）。之外，他又有关于日耳曼神话的论文，并翻译过《浮士德》，在宗教上则著有《圣经中关于基督的教训》（Bibelns l ra om Kristus），说明基督是人，而不是神，代表了神学上的自由主义。二是斯挪耳斯基（Karl Snoilsky），生于1841年，卒于1903年，是出色的抒情诗人，却也是社会立场的美学家。他反对当时的为艺术而艺术（L'Art-Pour-L'Art）的立场，主张美之实用性，并以写实主义和他的社会思想融而为一。三是艺术中的反动人物卡耳·达卫·阿夫·魏尔逊（Karl David af Wirsen），生于1842年，卒于1912年，他是瑞典官方的专作纪念日的歌词的人，只因为他之尖刻地反对斯特林堡，在文学史上却也有着他的地位。

第七节

瑞典最伟大的作家斯特林堡

现在我们说到瑞典最伟大的作家斯特林堡了。斯特林堡是在易卜生死后唯一可以代替的人，据说易卜生见了他的照片，就以为比自己将要更伟大，他的地位并非限于瑞典，也并非限于斯堪的纳维亚，却是全世界的。

奥古斯特·斯特林堡（August Strindberg）生于易卜生生后的二十一年（1849 年）1 月 22 日。他父亲是个落魄的商人，母亲是咖啡店的女招待。他是父母未曾结婚而生的儿子。后来他从这阴暗的家庭逃走了，在 1867 年（十八岁）入了乌普萨拉大学，因无学费而辍学，做了民众学校的教师，到 1870 年才又继续。之后，他又做过医生、演员、新闻记者、编辑、电报员、图书馆员、舞台监督和自由作家。他的足迹也十分飘忽，时而在瑞典，时而在德意，或者在瑞士、法兰西。他曾结婚三次，但全都失望，而且分离。

斯特林堡的外部生活这样分歧，他的内部生活却也差不多。对一切事，他都有一种白热的爱好，像有一种恶魔样的压迫在鼓荡着。他曾作过自然科学的专门研究，但马上又归入极端的超自然的迷信了。他是历史家，也是技术家；是社会主义者，也是尼采的崇拜者；他是无神论者，但也皈依天主教。他仿佛有一种邻于疯癫的迫害狂，常常用着假名，自这一个旅馆逃至那一个旅馆。只要有一点喧嚷，他就吓得把门锁起来，到另一个房间里去躲起来了。他于 1912 年 5 月 14 日，以一个最伟大的寂寞的人而死去，——他永远是寂寞的！

斯特林堡第一次写的剧本是历史剧，如《奥洛夫老师》（Mäster Olof）等。到了世纪之交，他又回到历史剧了，他这时著有《福耳孔格传说》（Folkungersaga）、《古斯塔夫·瓦萨》（Gustav Wasa）、《卡耳第十二》、《克里斯提诺女王》（Känigin Christine）、《古斯塔夫第三》，以及关于路德的一本剧《魏顿堡之夜莺》（Die Nachtigall von Wittenberg）等。他在历史中所发掘的有趣的问题，有好些到现在也还是继续存在着的。他所要解释的是历史过程，他把克里斯提诺女王认为是三十年战争中瑞典想要扩大版图的一个象征，他把卡耳第十二则认为是削弱瑞典领土的罪魁。在他的晚年，又写了关于宗教上的建立者的三部曲，这是《摩西》、《苏格拉底》和《耶稣》。

在这中间，他曾倾向于自然主义。《父亲》（Fadren）和独幕剧《朱丽小姐》（Fröken Julie），都见出他那强烈的客观的个性描写。《父亲》尤为斯特林堡的名作之一，写于 1887 年（三十八岁）。内容是说一个女子对丈夫之热心于研究学问，十分不快，早已故意造出他是狂人之说。后来争论到女儿的教育，丈夫主张父亲应该有绝对的权利，妻子却说倘使这父亲是可疑的，又倘使这女儿是别人之子呢？于是让这个丈夫十分烦恼，果然得了精神病。妻子则借这机会，把他禁锢起来，用他的年金养活了母家全家，并且说：

"你做父亲,为一家生计的工作已经完了,现在用不到你了,滚吧!"这是他以后所写关于男女斗争的作品的序曲。

他的自然主义到了《到大马士革去》(Till Damascus)的三部曲中,已露出了表现主义的观念文艺的倾向。《到大马士革去》作于 1897 年,完成于 1904 年(四十八岁到五十五岁)。在第一部里,主人公(也就是斯特林堡自己)经过了十四个苦痛的所在。在第二部里,又回到原地。在第三部里,以皈依天主教会作了唯一的救济。由于受了十八世纪神秘家斯维顿勃格(Swedenborg)的影响,在他最后的十五六年间,象征色彩特别显著,在《梦幻曲》(Traumspiel)与《幽灵曲》(Gespenstersonate)中,简直到了超感觉的境界了。普通剧本之外,斯特林堡也写有童话剧二种,一是《天鹅》(Schwanenweiss),一是《未婚皇妃》(Kronbraut)。

在小说方面,斯特林堡也经过了同样的阶段。《红房间》(Röda rummet)作于 1879 年(三十岁),以写人物见长,并于以见瑞典的社会情况。至于那些写古代的小说,如《高特人之屋》(Die gotischen Zimmer),《黑旗》(Schwarze Fahnen)等,便都是晚年的了。在短篇小说集《结婚》(Gistas)里,我们乃重新遇到了他那不幸的对于女人之憎恶。

至于整个的斯特林堡,是见之于他那五卷的自叙传中:《少女之子》(Der Sohn einer Magd)、《心灵之进展》(Entwicklung einer Seele)、《愚人忏悔录》(Beichte eines Toren)、《地狱》(Inferno)、《分裂与寂寞》(Entzweit-Einsam)。在这里,作者的所有长处与

短处全部暴露出来了，使读者或则热情地吞下，或则激动地拒绝着。斯特林堡是一个出奇地精力过剩的人物，各方面都很出色；没有问题的，当然更是大艺术天才。不过他之成为一个真理的追求者的天性是太强了，因而便常常把艺术家的人格压抑了。

除了卢梭之外，也可以说没有一个人像斯特林堡这样主观地写作着，以他与易卜生和比昂松比，显得易卜生和比昂松都太乐观了。以他与陀思妥耶夫斯基和托尔斯泰比，显得陀思妥耶夫斯基和托尔斯泰又都是太客观了。比较和他接近的，应该是德国的魏德肯特（Frank Wedekind），但魏德肯特给他的影响却只是小部分。

在斯特林堡这里，有一种恶魔性的矛盾精神；就是这种精神，使他攻治了自然科学，使他怀疑了日常的真理，使他对于给瑞典以不幸的卡耳第十二的英雄历史时代有着敬畏，使他在 1864 年战争之后对丹麦憎恶，而挪威既经独立，使他感到身为瑞典人是一种侮辱。他所最反抗的，是当时一切的女性主义（Feminismus），易卜生和比昂松，在他看，都是太女性了，因为他们在《娜拉》和《挑战的手套》中都曾为女性辩护。女子是斯特林堡的大敌，他认为女子是永远对男子施以欺骗，说谎话，并劫夺着的。女子非要拴牢在地上不可，否则男子社会不能生存了。这一方面的妇女问题，在普通男人都由实际中去解决的，然而斯特林堡不乐意这样做，因为他缺少着艺术家的一个最大特点，这就是幽默。就是像易卜生在晚年的作品中所唯一余留的一点幽默，在斯特林堡也付阙如。这种幽默的缺乏，使斯特林堡作品中的喜剧性大受影响，每一个笑声都为那问题的严重性以及那急求解决的焦灼状所窒息，斯特林堡的作品之最大缺点也可说是单调，人物都有些公式化，总是一个男子莽撞地入世并追求女人，而一个女人把他否定了。这个女人是所有斯特林堡的作品中都出现的角色，或则是新娘，或则是母亲，或则是情人，或则是小女孩，都没有关系呢。反抗而矛盾的斯特林堡在死时却非常和平，他曾手执着《圣经》，在他女儿前说：这是唯一的真理。

斯特林堡把易卜生取而代之了，然而却只有废墟一片而没有新建筑！

第八节
斯特林堡以后的最近瑞典文坛

和斯特林堡比起来，他的同时代的国人少有像他那影响之大的。在斯特林堡之憎恶女性声中，却也有一个为女性争解放的女思想家，这就是爱伦凯（Ellen Key），她生于 1849 年，卒于 1926 年，只是她到了四十六岁（1895 年）以后，却又竭力推崇母性的重要和功用了。站在斯特林堡与爱伦凯之外的，持中立态度的，则有古斯塔夫·阿夫·盖纳斯塔姆（Gustav af Gejestam）。他生于 1858年，卒于 1909 年，是一个天才的叙事文艺家，著有写乌普萨拉大学生活的小说《艾里克·格兰诺》（Erik Grane），对于人类犯罪本能，有丝毫也不放松的描述；有以心灵分析见长的小说《麦杜萨之首》（Medusas Haupt）；还有特别为妇女所欢迎的温柔伤感之作《妇女之力》（Frauenmacht）和《小兄弟的书》（Das Buch vom Bruderchen）等。

陶尔·海德勃格（Tor Hedberg），于 1862 年生，是后期自然主义派，很好的心理分析家，这可于他的小说《约翰诺斯·喀尔》（Johannes Karr）、《犹大》（Judas）见之。他又作有追随易卜生的剧本《格尔哈尔德·格里姆》（Gerhard Grim）、《约翰·乌耳夫斯提尔纳》（Johann Ulfstjerna）。至于所作《忒修斯王》（König Theseus），则是倾向于象征派了。

瑞典在近代有三个著名的诗人，一是奥拉·汉逊（Ola Hanson），生于 1860 年，这是一个神经质的、梦幻的、自然抒情诗作者，但有一种不健康的情欲的流露；他同时却也作小说；二是古斯塔夫·弗吕丁（Gustav Fröding），生于 1860 年，卒于 1911 年，他曾在三十七岁时发狂，发狂以前有他的佳作，后来精神恢复，而才华大减，他具有和斯特林堡一样的不幸的人格；三是艾里克·阿克塞耳·卡耳费耳特（Erik Axel Karlfeldt），生于 1864 年，他能以原始之力写自然抒情诗，并且会使用出色的音乐性的语言。

生于 1859 年的海顿斯塔姆（Verner von Heidenstam），起初也

是抒情诗人，但他最大的贡献却是历史小说如《圣者布里吉塔之巡礼历程》（Pilgerfahrt der heiligen Brigitta）等。在斯特林堡的历史作品出现之前，他这些作品不唯推为对历史有客观了解的杰作，而且形式之优美，也很为人称道。1916 年，他获得了诺贝尔文学奖金。

有一个在内部生活的强烈上虽然不如斯特林堡，但在艺术效应的持久性上却可以抗衡的作家，乃是 1909 年获得诺贝尔文学奖金的女作家西尔玛·拉格洛夫（Selma Lagerlöf）。拉格洛夫生于 1858 年，她的处女作是《居斯塔·柏尔令格的传说》（Gösta Berlings Saga），到现在也还是她最知名的作品之一。这是一部历史作品，其中有极佳的风景描写，并一些非常人物的非常事件。人们之所以赞美拉格洛夫者，是因为她完全像一个男性样地写作着。之外，更可称道的，是她所写的人物，却又都充分代表一种女性的观点。她还作有小说《耶路撒冷》（Jorusalem），写一个宗教派别的历史；以及《海伦霍夫传说》（Herrenhof saga），《阿尔诺先生的宝藏》（Herrn Arnes Schatz）等。在童话《骑鹅旅行记》（Nils Holgerssons Underbara Resa）里，重展开了她对瑞典风景的描写，在《里黎克朗之家》（Liljecronas Hem）里，抓住了超越《居斯塔·柏尔令格的传说》而独立的母题。她的小品则收在《克里斯吐尔故事集》（Kris turlegender）里。

新近的作家可值得说的有二人：一是海耳玛·徐德勃格（Hjalmar Söderberg），他生于 1869 年，初以散文著称。也写剧本，有《格尔特鲁德》（Gertrud），阐说恋爱的可变性。在 1922 年出版他的写欧战的小说《命运之时》（The Hour of Fate）。他是斯特林堡的信徒，又学法朗士的风格，文章很优美。二是西格菲里德·西外尔慈（Siegfried Siwertz），生于 1882 年，著名的作品有模仿陶玛斯·曼（Thomas Mann）的《布顿布鲁克斯》（Buddenbrooks）而作的《赛兰布斯》（Selambs）。

　　在巴洛克时代，瑞典文学所贡献给世界的只是纯文艺一方面。在现代则不然，瑞典的造型艺术与学术著作，也有了她的地位。因此，我们在瑞典文学的结束时，不能忘了那画家兼诗人卡耳·拉尔逊（Karl Larsson），他生于 1853 年，卒于 1921 年；那政治家的新闻记者古斯塔夫·F. 施泰芬（Gustav F. Steffen），他生于 1864 年；还有那到过中国来的西藏的探险家斯文·赫定（Sven Hedin），他生于 1865 年，不唯有学术著作，而且写过小说《藏布喇嘛之巡礼历程》（Tsangpo Lamas Wallfahrt）；最后，还有那个生于 1889 年，而为我们所更熟悉的汉文家高本汉（Karlgren）！叙北欧文学叙到这里，我们便不觉得北欧和我们是多辽远，而是觉得像比邻了，但愿彼此的了解更深切些！

第五章
波罗的海四小国的文学

第一节

芬兰的民间文艺

芬兰自 1150 年时就属于瑞典，经过了七百年的光景，以 1809 年瑞典俄罗斯之役改属于俄，到了 1917 年 12 月，才得到了独立。她的语言，是所谓芬兰乌格里语系（Finnischugrischer Sprachstamm）的一支，界于乌拉阿尔泰（Uralaltaisch）与印度日耳曼（Indogermanisch）两种语言之间，地位颇有点不明晰。

大概在公元纪元时，芬兰人已住在现在的地方，很快地就有了一种民间文艺的创造，可惜当时很少有人注意就是了。他们关于魏耐米能（Wäinämöinen）以及其他神话巫师的传说的诗歌，都有一种特色，这就是总有一种很沉重的色彩，其中的形象每每像从芬兰那无穷的海上所蒸腾而起的湿雾似的。在形式上，也常常有头韵和偶句。这一方面的古代诗歌，自然是异教徒的，不过这无需乎多说，因为到现在为止，芬兰也还是充满异教徒的精神呢。

这些诗歌被近代的一个芬兰学者收集了，这个学者就是艾里亚斯·伦洛特（Elias Lönnrot）。他生于 1802 年，卒于 1884 年。这总集的名字称为喀勒瓦拉（Kalewala），他是企图把那些诗歌贯串为一首整个的史诗的。全作品是出奇地优美，虽然缺少荷马的史诗之统一性，甚而连《尼伯龙根》的统一性也不如。第一版出现于 1835 年，包括的诗是 12000 首；第二版出现于 1849 年，由于伦洛特继续研究的结果，数量上几乎增了一倍，一共有 23000 首左右了。这集名是得自芬兰的英雄喀勒瓦（Kalewa），意思是"喀勒瓦所居之地"，那也就是指着现在的芬兰。这个祖先在所谓石刻的文字（Runen）中并不是单独出现的，却是和宇宙生成的记载联为一起，喀勒瓦者乃是关于魏耐米能的故事的一个老歌人。叙述宇宙生成之后，就是，魏耐米能问一个少女爱瑙（Aino）的求婚，爱瑙却宁死而把这婚姻拒绝了，爱瑙自杀的一段，乃是这民族的史诗中之心理描写最深刻并最逼真者。它像一切民间文艺所具有的特色，不避重复，在描写上费尽全力，直至神完气足而后已。

在喀勒瓦拉之外，伦洛特又辑了一本民歌集，名《坎特勒塔》（Kanteletar），出版于 1840 年，这名字源于坎特勒（Kantele），坎特勒的意思乃是芬兰歌人的一种竖琴。

芬兰除了本土的民歌与传说，也有早期基督教的故事和骑士弹词等，这都大概是瑞典的产物；还有一种魔术歌，来源乃是西欧。

第二节

芬兰书写的文艺之今昔

现在我们追叙到芬兰开始有书写文字的时代上去了。那是在1542年，我们有着第一次用着芬兰语的《圣经》的片断，出版者是主教米琪耳·阿格里考拉（Bischop Michael Agricola）。完全的《圣经》，则出现于1642年，是又过了一百年了。很有趣的是，在这《圣经》中间，夹有一些赞美诗，却完全是关系芬兰本土的一些神们的。

大约在1640年左右，芬兰发生一种民族运动，领导人物是主教丹尼耳·犹斯顿尼乌斯（Bischop Daniel Justenius）。他第一次收集着芬兰的民歌，以书的形式在1675年出现。

一世纪之后，追随着犹斯顿尼乌斯的，有蛤布里耳·泡尔檀（Gabriel Porhan）。他生于1739年，卒于1804年。他的研究不止限于民间文艺，所触及的乃是整个的民俗学。在这时的芬兰文学，却也像欧洲其他各国一样，是限制在模拟之中的。

1775年，芬兰开始有自己的报纸。

1809年的俄罗斯瑞典之战，芬兰自瑞典脱离，割让于俄国了，于是给芬兰的民族意识以新的刺激。重受瑞典的知识分子的领导既不可能，隶属于俄罗斯文化又心所不甘，所以芬兰势必要自己来谋文化上的出路了。

泡尔檀的学生夏考·犹檀尼（Jaakko Juteini）就是很热心的一人。

他生于 1781 年，卒于 1855 年。可惜的是他空有此心而无能力。

只有到了黑格尔派的学者斯耐耳曼（J．B．Snellmann）要求有一种芬兰的民族文化以后，我们才有第一个农民诗人帕屋·考尔霍能（Paavo Korhonen）出来。他生于 1775 年，卒于 1840 年。

芬兰的第一个艺术诗人则是奥克萨能（A．Oksanen）。这是一个笔名，他的真名是奥古斯特·阿耳克魏斯特（August Ahlqvist）。他生于 1826 年，卒于 1889 年。他的诗集《火花》（Säkeniä），以情感之深挚并形式之清爽见称。追踪他的抒情诗的，有孙纽（Sunio）。这也是一个笔名，真名是犹里乌斯·克朗（Julius Krohn），他生于 1835 年，卒于 1888 年。

从 1834 年以来，企图建立一种芬兰戏剧的努力就已经有着端倪了。然而第一个杰出的戏剧家却要算是阿莱克西斯·吉味（Aleksis Kivi）。他的民族剧《库莱屋》（Kullervo）得到了大成功。他也是民族喜剧的创造者，他这方面的名著是《异端鞋匠》（Die Schuster der Heide）。他那以民族生活为背景的小说《七兄弟》（Die sieben Brüder），简直当得起一首民族史诗。可惜他很早就疯狂了，他生于 1834 年，卒于 1872 年，只有三十八岁！

皮塔里·派费林塔（Pietari Paivärinta）也是好叙事诗作者，他有一部极其有趣的自传。假若说他是特别具有芬兰的特色的话，则下面几位作家便是有着欧洲一般写实主义的作风的了。

例如犹汉尼·阿布（Juhani Abo）有好的叙事，散泰里·因格曼（Santeri Ingman）写着采自十六世纪的历史的小说，阿尔维德·耶尔诺费耳特（Arvid Jarnefelt）代表着像托尔斯泰那样的社会倾向的文学，而陶伊屋·帕喀拉（Teuvo Pakkala）则写着小城市的无产者。

自从 1872 年，芬兰的剧场建立了，其中最成功的上演的剧本，则出自一个女作家闵娜·坎特（Minna Canth），她生于 1844 年，卒于 1897 年，这也是值得提及的呢。

第三节

爱沙尼亚，拉脱维亚和立陶宛的文学

现在要说的这三个小国都是在第一次欧战以后，1918 年才独立的。他们的民族各不相同，但除立陶宛的一部原属德国之外，原都是俄国的一部分。

爱沙尼亚的人种，和芬兰为一系。最古的爱沙尼亚的文献当推 1200 年左右汉里希·得尔·莱顿（Heinrich der Letten）的著书。1517 年，才有第一部印出来的爱沙尼亚的文字，那是关于天主教的问答的。《圣经》翻译的第一次出现是在 1739 年。她的第一个真正诗人是早死的亚克·培忒逊（Kr. Jaak Peterson），生于 1801 年，卒于 1822 年，只有二十一岁。

在爱沙尼亚学会成立之后，有一个医生叫费耳曼（Fr. R. Fahlmann）的，也仿照了芬兰的《喀勒瓦拉》的编订而搜集着爱沙尼亚的传说和诗歌。费耳曼生于 1798 年，卒于 1850 年。踵其事者为克劳慈瓦耳德（Fr. R. Kreutzwald）。结果是产生了一部民族史诗《喀勒维泡格》（Kalewipoeg），这是在《喀勒瓦拉》之前的很能代表英雄主义的作品。不过其中不可信的造作之处颇不少，因为有些东西到底不是发见而出的。再则英雄喀勒维泡格也并不是爱沙尼亚传说的中心，所以有逊于《喀勒瓦拉》多多了。

像芬兰的作家往往是瑞典的血统一样，爱沙尼亚的作家也往往是德籍。因此有好些人物便归入德国文学里去叙述了。

拉脱维亚和立陶宛则大部分是斯拉夫民族。拉脱维亚在文学上的初次纪念物是 1530 年的一篇祷告上帝文，此后宗教著作便马上发达起来，新教和旧教的作品均有。第一个用拉脱维亚文写作的诗人应该算是施坦诺克（Steineck），他生于 1681 年，卒于 1735 年。此后，有安德雷斯·普姆普尔斯（Andrejs Pumpurs），生于 1841 年，卒于 1912 年，作过一首艺术的史诗，名 Latsch plehssis。在现代的拉脱维亚文学里，最著名的诗人要算莱尼斯（Rainis），这是普里克珊（J. Pleekschan）的笔名。他的代表作是剧本《约赛夫及其兄弟》（Joseph und seine Brüder）。其中主旨是说明作者之倾慕外邦文化的。

新时代的拉脱维亚文学，渐渐是宁属于斯堪的纳维亚而不是属于俄国了，这以表现在阿库拉特（J. Akurater）的小说及斯喀耳伯（K. Skalbe）的童话中者为尤然。

191

立陶宛的语言是属印度日耳曼语系。她在四世纪时乃是一个大国。可惜不久就衰了。她的第一个民族诗人是克里斯显·冬纳里提乌斯牧师(Pfarrer Christian Donalitius)，他生于1714年，卒于1780年。他在克劳普施陶克的《救主》（Messias）之前，就写着自然与民族生活的诗了。

此后，有菲立普·鲁伊希牧师（Pfarrer Philipp Ruhig），生于1675年，卒于1749年，曾在一部立陶宛字典中加进了一些民歌，德国大批评家莱辛就为这些民歌所吸引过。

现代的立陶宛文学则不十分出色。大部分是玩票主义，又多以模仿为事。可是翻译却十分发达。勉强可以指出的作家，或者就只有写地方故事的西蒙·道夫康特（Simon Dowkant），他生于1793年，卒于1864年；以及死于1902年的抒情诗人巴兰诺夫斯基（Anton Baranowski）了。

芬兰、爱沙尼亚、拉脱维亚、立陶宛四国的文学自然比不上丹麦、挪威和瑞典，但是他们也依然有他们的天才，一旦他们的政治上得到确实的解放以后，谁能限制他们不能同样对人类有所贡献，同样参加人类文化的整个光辉呢？人类的天才，原不限于一域，只是少有些不必要的任何桎梏就好了！

三十二年九月六日写起，十一月十六日
写毕，同月二十日改竣，同月二十一日重阅

图书在版编目（CIP）数据

北欧文学 / 李长之著. —北京：中国国际广播出版社，2017.11
（大家人文讲堂. 李长之系列）
ISBN 978-7-5078-3968-5

Ⅰ. ① 北…　Ⅱ. ① 李…　Ⅲ. ① 欧洲文学－文学研究－北欧
Ⅳ. ① I530.6

中国版本图书馆CIP数据核字（2017）第193039号

北欧文学

著　　者	李长之	
策　　划	张娟平	
责任编辑	孙兴冉	
版式设计	国广设计室	
责任校对	徐秀英	

出版发行	中国国际广播出版社 ［010-83139469　010-83139489（传真）］
社　　址	北京市西城区天宁寺前街2号北院A座一层
	邮编：100055
网　　址	www.chirp.com.cn
经　　销	新华书店
印　　刷	北京艺堂印刷有限公司

开　　本	880×1230　1/32
字　　数	140千字
印　　张	7
版　　次	2017 年 11 月　北京第一版
印　　次	2017 年 11 月　第一次印刷
定　　价	32.00 元